Котката на Шрьодингер

Квантовият свят на поезията

Translated to Bulgarian from the English version of
Schrödinger's Cat

Devajit Bhuyan

Ukiyoto Publishing

Всички глобални права за публикуване се държат от

Ukiyoto Publishing

Публикувана през 2023 г

Авторско право на съдържание © Devajit Bhuyan

ISBN 9789360161941

Всички права запазени.
Никаква част от тази публикация не може да бъде възпроизвеждана, предавана или съхранявана в система за извличане под каквато и да е форма по какъвто и да е начин, електронен, механичен, *фотокопиране*, запис или по друг начин, без предварителното разрешение на издателя.

Моралните права на автора са защитени.

Тази книга се продава при условие, че няма да бъде заемана, препродавана, отдавана под наем или разпространявана по друг начин, без предварителното съгласие на издателя, под каквато и да е форма на подвързване или корица, различна от тази, в която е публикувани.

www.ukiyoto.com

Посветен на Ервин Шрьодингер, Макс Планк и Уорнър Хайзенберг, тримата мускетари на квантовата физика

Съдържание

Котката на Шрьодингер	1
Ентропията ще убие	2
Двойственост на енергията на материята	3
Паралелни вселени	4
Значение на наблюдателя	5
Изкуствен интелект	6
Не нарушавайте измерението на времето	7
Имало едно време	8
Божествено уравнение	9
Философски дебати	10
Продължавам напред и напред	11
Игра на Бог и физика	12
Имало едно време машина, наречена Телекс	13
Моето съзнание	14
Ако Мултивселената е вярна	15
Триене	16
Това, което знаем, е нищо	17
Добрите дни на истината идват	18
Диференциация и интеграция	19
Орел в глад	20
Докато остаряваме	21
Забравете разделението, създадено от човека	22
Облачните изчисления го направиха невидим	23
Ние сме виртуални	24
Съзнанието на живота	25
Котката излезе жива	26
Голяма бариера	27
Животът не е легло от рози, но има слънце	28

Върховно животно	29
О" Учени, скъпи учени	30
Човешки емоции и квантова физика	31
Какво ще се случи с оригиналността и съзнанието?	32
Когато разширяването на Вселената приключи	33
Реинженеринг	34
Хигс Бозон, Божията частица	35
Старецът и квантовото заплитане	36
Какво ще направят хората?	37
Космическо време	38
Нестабилната Вселена	39
Относителността	40
Колко е часът	41
Голямо мислене	42
Природата плати цената за своя собствен процес на еволюция	43
Денят на Земята	44
Световният ден на книгата	45
Нека бъдем щастливи в прехода	46
Наблюдателят е важен	47
Достатъчно време	48
Самотата не е лоша през цялото време	49
Аз срещу изкуствен интелект	50
Етичен въпрос	51
Не знам	52
Знам, бях най-добрият в състезанието с плъхове	53
Създайте своето бъдеще	54
Пренебрегнати измерения	55
Помним	56
Свободна воля	57
Утре е само надежда	58

Раждане и смърт в Хоризонт на събитията	59
Ultimate Game	60
Време, мистериозната илюзия	61
Бог не се съпротивлява на собствената воля	62
Добро и Лошо	63
Хората оценяват само няколко категории	65
Технология за по-добро утре	66
Сливане на изкуствен и естествен интелект	67
В една различна планета	68
Разрушителен инстинкт	69
Дебелите хора умират млади	70
Многозадачността не е лекарството	71
Безсмъртен човек	72
Странното измерение	73
Животът е непрекъсната борба	74
Летете все по-високо и по-високо, усетете реалността	75
Да се справя в живота	76
Само купища атоми ли сме?	77
Времето е разпад или прогрес без съществуване	78
Фараоните	79
Самотната планета	80
Защо се нуждаем от война?	81
Откажете се от постоянния световен мир	82
Липсващата връзка	83
Божественото уравнение не е достатъчно	84
Равенството на жените	85
безкрайност	86
Отвъд Млечния път	87
Бъдете щастливи с утешителната награда и продължете напред	88
Covid19 не успя да се закопчае	89

Не бъдете бедни на мислене	90
Мисли мащабно и просто го направи	91
Само мозъкът не е достатъчен	92
Броене и математика	93
Паметта не е достатъчна	94
Колкото повече давате, толкова повече получавате	95
Пуснете и забравянето е също толкова важно	96
Квантова вероятност	97
Електронът	98
Неутрино	99
Бог е лош мениджър	100
Физиката е бащата на инженерството	101
Познанието на хората за атомите	102
Нестабилният електрон	103
Фундаментални сили	104
Целта на Хомо Сапиенс	105
Преди да липсва връзка	106
Адам и Ева	107
Въображаемите числа са трудни	108
Обратно броене	109
Всеки започва с нула	110
Етични въпроси	111
All-Sin-Tan-Cos	112
Огнената сила	114
Нощ и ден	115
Свободна воля и краен резултат	116
Квантова вероятност	117
Смъртност и безсмъртие	118
Лудото момиче от кръстопътя	119
Атом срещу молекули	120

Нека вземем ново решение	121
Статистика на Ферми-Дирак	122
Нечовешки манталитет	123
Бизнес процес	124
Почивай в мир (RIP)	125
Реални ли са душите или въображение?	126
Реални ли са душите или въображение?	127
Всички души ли са част от един и същ пакет?	128
Ядрото	129
Отвъд физиката	130
Наука и религия	131
Религии и мултивселена	132
Бъдещето на науката и мултивселената	133
медоносни пчели	134
Същият резултат	135
Нещо И Нищо	136
Поезия в най-добрия й вид	137
Побеляване на косата	138
Нестабилен човек	139
Нека поезията бъде проста като физиката	140
Макс Планк Великият	141
Значение на наблюдателя	142
Ние не знаем	144
Какво се очертава	145
Етер	147
Независимостта не е абсолютна	148
Принудителна еволюция, какво ще се случи?	149
Умри млад	151
Детерминизъм, произволност и свободна воля	153
проблеми	155

Животът се нуждае от малки частици	157
Болка и удоволствие	159
Теория на физиката	161
Каквото се е случило, се е случило	162
Защо емоциите са симетрични?	163
И в дълбокия мрак ние продължаваме напред	165
Играта на съществуването	166
Естествен подбор и еволюция	168
Код на физиката и ДНК	169
Какво е реалност?	171
Противоположни сили	173
Измерване на времето	174
Не копирайте, изпратете своя собствена теза	176
Целта на живота не е монолит	178
Дърветата имат ли цел?	180
Старото ще остане злато	182
Предизвикателство за бъдещето	184
Красота и относителност	186
Динамично равновесие	187
Никой не може да ме спре	188
Никога не съм се опитвал да постигна съвършенство, но се опитвах да се подобря	189
Учителят	191
Илюзорно съвършенство	192
Придържайте се към основните си ценности	193
Изобретението на смъртта	195
Самоувереност	196
Ние останахме груби	197
Защо ставаме хаотични?	198
Да живееш или да не живееш?	200

По-голямата картина	201
Разширете своя хоризонт	202
Знам.	204
Не търсете цел и причина	205
Обичайте природата	206
Роден свободен	208
Продължителността на живота ни винаги е добра	210
Не съжалявам	211
Рано лягане и рано ставане	212
Животът стана прост	213
Визуализация на вълновата функция	214
Осем милиарда	216
аз	217
Комфортът е опияняващ	218
Свободна воля и цел	219
Двата вида	220
Да ценим учените	221
Живот извън водата и кислорода	222
Вода и Земя	224
Физиката има хармоници	225
Науката в областта на природата	227
Развиващи се хипотези и закони	228
за автора	230

Котката на Шрьодингер

Ние сме вътре в черната кутия, ограничена от пространство, време, материя и енергия

В областта на пространството и времето ние сме заети да преобразуваме за синергия

Освен това ние превръщаме енергията в материя чрез натрупване на телесни мазнини

Но в границите на черната кутия животът ни свършва и всичко почива

Никой не знае какво има отвъд черната кутия в тези безкрайни галактики

Няма технология за физическа проверка, какво има на ръба на вселената

Тайната отвъд черната кутия, запазването на неизвестната сила

Можем да извадим котката на Шрьодингер от кутията

Дори и тогава излизането от парадокса няма да е лесно и просто

За да разбере върховната истина за живота, човек винаги ще се сблъсква с проблеми.

Ентропията ще убие

Ентропията на Вселената се увеличава с всеки изминал ден, усещам го

rНо ние нямаме никаква машина или методи за забавяне

Нито имаме някакъв закон на физиката, за да изобретим машина за продухване

Самото познаване на истината не е достатъчно, имаме нужда от решение

Всеки ден пред нас се случват нежелани разрушения

За да се увеличи ентропията, всеки месец човешкото население се увеличава

Необратимият процес на ентропия скоро може да стане максимален

Човечеството и върховното животно ще бъдат принудени да мигрират на Луната

Не се смейте на по-старите поколения, които не са достатъчно умни без пластмаса

Поне феноменът на нарастващата ентропия не беше обикновен.

Двойственост на енергията на материята

Двойствеността на материята и енергията е много проста

Всеки момент милиарди звезди го правят

Галактиките възникват като материя

И материята на галактиките изчезва като енергия

Но сумирането на цялата материя и енергия е нула

Между тях антиматерията и тъмната енергия са неизвестен герой

Всеки момент си играем с материя и енергия

Но все още е далеч от изобретяването на проста техника

В областта на времето и пространството нашето съществуване е ограничено

Денят, в който научим проста технология за преобразуване на материя и енергия

Бариерите на времето и пространството няма да останат като безкрайност

Бог ще бъде в кутията на Шрьодингер с котката

Вселената може да се управлява от изкуствени интелигентни роботи, наречени летящи прилепи.

Паралелни вселени

Религията от незапомнени времена говори за съществуването на паралелна вселена

Физиката и научната общност го казаха въображаемо и невежество

Тъй като физиката отива по-дълбоко и не може да обясни много природни явления

Сега те казват, че за да се обяснят тези, паралелната вселена е обяснение

Но учените няма да признаят хилядолетните мисли

Физиката на елементарните частици, самата субатомна физика е философска мисъл

Потвърдено от научен експеримент, едва след десетилетия

И все пак подобна философия, обяснена в различен езиков формат, те отхвърлят

Това е синдром на мислене на черната кутия на научната общност

„Това, което не знаем, не е знание" не е приемливо в науката

Някога паралелна вселена, ако се докаже, че са осъдителни, те ще запазят мълчание.

Значение на наблюдателя

Когато отворим кутията на Шрьодингер във времевия хоризонт

Котката в кутията може да е жива или мъртва и е въпрос на вероятност

Никой външен наблюдател не може да го предвиди с увереност и потвърди

Но когато наблюдаваме, ситуацията вероятно ще бъде различна

Ето защо за хоризонта на събитията наблюдателят е важен

При експеримент с двоен прорез частиците се държат различно, когато се наблюдават

Защо се случва заплитане на частици, няма обяснение в това отношение

Информацията между заплетените частици се движи по-бързо от светлината

Така че в бъдеще комуникацията с екзопланетите и извънземните е ярка.

Изкуствен интелект

Няма помпа като сърцето, необходима за изпомпване на вода до върха на кокосовото дърво

Машините не могат да събират мед от синапови цветя като пчелите

От една и съща почва растенията могат да направят сладко, кисело и горчиво нещо

За изкуствения интелект ще бъде различна игра да се играе на природния ринг

Ако всичко се прави от роботи с изкуствен интелект и слънчева енергия

Няма цел или причина хората да живеят вечно на планетата Земя

Това е подходящият момент за хората да пътуват до други планети и галактики

Трябва да се опитаме да подпишем нови генетични кодове за безсмъртни тела

Не ми е интересно да живея за неопределено време под интелигентен компютър

Нека днес умра с независимо мислене, дори и времето да не помни.

Не нарушавайте измерението на времето

В безкрайната вселена скоростта на светлината е твърде ниска

Това може да е предпазна мярка за защита на индивидуалността на планетите

Така че извънземните и хората не могат да участват в чести войни

Други цивилизации може да процъфтяват сред звезди, отдалечени на милиарди светлинни години

Пътуването по-бързо от светлината може да не е добро за бъдещето на хомо сапиенс

Нека не разбиваме предпазния клапан на скоростта, без да знаем последствията

Тунелът в измерението на времето ще преобърне цивилизацията

Дори ваксина срещу covid19, която се сблъскваше с вирус, сега създава хаос в здравето

Здрав млад човек умира без причина от нашето стадо

Половината знание е по-лошо от невежеството или никакво знание

С нарушаване на скоростта на светлината и тунел във времето, хомо сапиенс може да падне.

Имало едно време

Имало едно време хората смятали, че слънцето се движи около слънцето

Потъва в океана вечерта и излиза отново на сутринта

Слънцето се нуждае от разрешение от Бог всяка сутрин, за да излезе

Колко невежи и ненаучни хора от онези примитивни дни

В продължение на милиони години хората не са знаели как да правят ядрени бомби

Добре че са направили пирамиди, паметници и големи гробници

В противен случай нямаше да стигнем до времето на съвременната цивилизация

През средновековието човешката цивилизация би потънала в забрава

Някога ни учеха за ефира, през който се разпространява светлината

Сега учените смятат, че твърде кухи са били тези така наречени физици

Днес никой не знае теорията за големия взрив, стационарното състояние, теорията на много стихове или струнната теория, което е правилно

Но с теорията за стационарното състояние, няма начало или край на космоса, религиите са тесни

Планети, звезди и галактики се раждат и умират като хората

За човека мащабът на времето и различните измерения са друго нещо .

Божествено уравнение

Ние само купчина атоми ли сме като всяка друга жива и нежива материя?

Или комбинацията от атоми в човешкото тяло е напълно различна от другите

Само комбинации от различни атоми не могат да влеят съзнание

С човека, роботите и компютрите с изкуствен интелект има разлика

Веднъж ни казаха, че атомите са най-малките частици, които съществуват

Положителните протони, неутралните неутрони и отрицателните електрони са основите

Сега, когато навлизаме все по-дълбоко и по-дълбоко, ние знаем, че това не е вярно

Основните частици могат да бъдат фотони, бозони или просто вибрации на струни

Някои учени казват, че има значение може би само информацията

Това се комбинира според кода, за да даде различно представяне

Но относно съзнанието и неговия произход нямаме решение

Нека с удоволствие ядем ябълката и виното от нея

Докато учените открият Божието уравнение, където всичко ще пасне.

Философски дебати

Философите спорят, яйцето е първо или птицата е първа

Логиката и за двете страни е еднакво силна и стабилна

В случай на материя и енергия, няма такъв дебат

Вселената е възникнала от енергия и е реален факт

Енергията не може нито да бъде създадена, нито унищожена е стара парадигма

Концепцията за двойствеността енергия-материя отдавна каза Айнщайн

Материята и вълновата природа на частиците също се разкриват

Съществуването е с твърде много основни или елементарни частици

По отношение на основните градивни елементи на вселената мненията винаги са различни

Просто е невъзможно да се затворят всемогъщи като котката на Шрьодингер

Докато затворим котката в клетка, нека ядем, усмихваме се, обичаме и вървим за по-добра смърт.

Продължавам напред и напред

Вселената се разширява нон стоп

Аз също продължавам напред и напред в моето пътуване

Понякога слънце, понякога дъжд

Понякога гръмотевици, понякога бури

Но никога не съм спирал, продължавам напред и напред;

Пътуването винаги не беше гладко и лесно

Шиповете, които се забиха в пръстите на краката ми, ги премахнах сам

Където нямаше мост за преминаване на реката

Построих собствена лодка и я прекосих

Но никога не спирах, продължавах напред и напред;

Понякога в най-тъмната нощ губех посоката си

И все пак светулките показаха пътя, по който да продължим

На хлъзгавия път бях паднал няколко пъти

Бързо се изправям и поглеждам към мигащите звезди

Но никога не спирах, а продължавах напред и напред;

Никога не се опитах да измеря разстоянието, което бях изминал

Без да изчислява печалбата и загубата, винаги се движи напред

Няма очаквания за насърчение от страна на минувачите

Никога не си губя времето със застояли хора, правейки гафове

Отдавна разбрах, че в живота нищо не е постоянно, пътуването е наградата.

Игра на Бог и физика

Гравитацията, електромагнетизмът, силните и слабите ядрени сили са основни

Това е причината, поради която Вселената е динамична, а не неподвижна или статична

Материя, енергия, пространство и време в тези четири измерения, създателят играе

Съществуват и неоткрити измерения, твърдят сега учените

Причината за съществуването на тъмната енергия и поведение все още не е известна

Въпреки че човешките мозъци са идентични, съзнанието на всеки е различно

За съществуването на Вселената, а също и на Бог, съзнанието е важно

Квантовото заплитане не следва ограничението на максималната скорост

Пътуване във времето и пътуване до други галактики, разрешение за заплитане

Докато навлизаме все по-дълбоко и по-дълбоко, все повече и повече въпроси ще идват

Играта между физика и Бог е наистина забавна и забавна.

Имало едно време машина, наречена Телекс

Един ден новото поколение ще се съмнява, че имаше PCO за телефонно обаждане

Телексът и факсът, макар че сме ги използвали, сега сме изненадани

Интернет кафето замря пред очите ни, без никаква бележка

Но бедняк, който проси пред кафенето, все още съществува

Големи звукови кутии от касетофони и CD плейъри, сега изоставени в дома

Но звуковите кутии и системата за публични адреси издържат на времето

Въпреки това, за комуникация, интернет, социалните медии са основни

Технологиите винаги са за по-добро утре и за подобряване на живота

Но не може да намали броя на разводите между съпруг и съпруга

Дори в пика на съвременната цивилизация съществуват бедност и глад

В много страни мисленето на много хора е ирационално и расистко

Физиката и технологията нямат отговор как да спрат войната и престъпността

Разработването на технологии за мирен свят и подобряването на братството е от първостепенно значение.

Моето съзнание

Умът ми никога не ми е позволявал да ревнувам
Умът ми никога не ми позволяваше да бъда безчувствен
Гневът и омразата не са моята чаша чай
По-добре да остана насаме близо до морето
Тишината и спокойствието винаги предпочитам
Вместо кавга, по-добре е братството
От насилието винаги се опитвам да стоя настрана
За истината и честността съм готов да платя
Корумпираните хора се опитвам да държа на разстояние
Страдам от много тревожност и напрежение
За опазване на околната среда нямам решение
Войната и замърсяването ме карат да се депресирам
Психичното здраве на човечеството е в деградация.

Ако Мултивселената е вярна

Ако мултивселената и теорията за паралелната вселена са верни

Тогава за съществуването на човек на земята има следа

Най-напредналата цивилизация може би е използвала земята като затвор

Хората са най-жестоките животни, това може да е причината

Лошите елементи на добрата цивилизация бяха пренесени в света

След това напредналата цивилизация се отърва от лошите и зли гънки

Хората бяха оставени на земята в джунгли с маймуни

Без никакви инструменти или инструменти лошите хора започнаха живота си отново

След смъртта на първото поколение има разпадане на старата информация

Новородените в света трябва да започнат отначало проблема с живота си

Въпреки че цивилизацията се премести и напредна много

С ДНК на лоши хора и престъпници човешкото общество все още гние

Развитата цивилизация никога няма да позволи на хората да ги достигнат

Те знаят, че лошото ДНК на старите предци отново ще се опита да унищожи кормилото им.

Триене

Много малко знаят, че коефициентът на триене е mew

Без триене на тази планета животът не може да се възобнови

Създаването на живот започва с триене на мъжки и женски органи

Чрез триене новородените идват с плачещи лозунги

Без триене огънят не би могъл да покаже пламъка си

Огънят промени цялата игра на човешката цивилизация

Колелата не могат да се движат напред без сила на триене

За да спрете вашето бързо движещо се превозно средство, триенето е основният източник

Ако няма триене, вашият джъмбо джет няма да спре на пистата

Излитането на бойни самолети за бомбардиране на градове ще бъде далеч

Триенето на ума води до създаването на много епоси

Подобно на гравитацията, триенето също е основна естествена сила

Триенето на егото е опасно и води до голяма война

Това може да изложи човешката цивилизация на голяма опасност

Триенето е добро и лошо, в зависимост от употребата му

Без триене животът на планетата ще изчезне, земята никой не може да я използва.

Това, което знаем, е нищо

Това, което знае физиката, е само върхът на айсберга

Това, което физиката не познава, е истинската физика

Тъмната енергия и тъмната материя контролират действителната динамика

Това, което знаем за материята, енергията и времето, е само основно

Границата на космоса е непозната и илюзорна

Не е известно дали антиматерията и паралелната вселена са реални

Преди няколко хиляди години концепцията за мултивселената беше развенчана

Преди Големия взрив също е имало галактики, които сега знаем

Напредъкът на физиката е много бърз, но във времето е бавен

Вселената се разширява с по-бърза скорост от нашето познание

Ние знаем много малко за Вселената и нейната необятност, трябва да признаем.

Добрите дни на истината идват

Когато ще можем да пътуваме по-бързо от светлината

Бъдещето на човешката цивилизация ще бъде светло

От далечна планета на милиарди светлинни години

Какво лошо се е случило в миналото, можем лесно да кажем

Истинската история на Буда, Исус, Мохамед ще бъде разкрита

Нищо фалшиво в религиозните учебници няма да надделее

Пътищата към истината в бъдеще ще бъдат твърди, а лъжите никога няма да устоят

Пътят на истината, доверието и ангажираността, хората ще поддържат

Лошите хора и престъпниците, световното правителство ще задържи

Те ще бъдат депортирани в затвор на милиарди светлинни години.

Диференциация и интеграция

Когато разграничаваме човека все повече и повече

Най-накрая получаваме маймуна, която яде плодове по дърветата

Но когато интегрираме първобитния човек все повече и повече

Най-накрая получаваме Буда, Исус и Айнщайн

Така че интеграцията е по-важна от диференциацията

Интеграцията е пътят към намиране на истината и решение на проблемите

Диференциацията е движение назад и след това унищожение

Човешкият ген знае за естествения подбор на най-силните

И все пак, за надмощие и победа по неестествен начин, те стават най-жестоки

Манипулирането на природата чрез неестествен процес не е етично

Освен това за дългосрочна устойчивост ускоряването на естествения процес е странно.

Орел в глад

Животинското царство страда заради човешкия интелект

Изкуственият интелект може да предизвика бумеранг и да създаде Франкенщайн

Човек може да стане роб на собственото си творение в търсене на по-добър живот

Роботът с изкуствен интелект може да се превърне в опасен нож

Кой човек ще живее триста години като костенурка?

Ще има повече унищожаване на природата и нежелан шум

Самото ядене и прекарване на времето в цифровия виртуален свят няма смисъл

По-добре да умреш и да живееш като цифрови данни в мрежата като сигнали

Ако някоя напреднала цивилизация улови сигналите и ги декодира

За тяхното изследване и развитие нашите мозъчни данни може да паснат

Генното инженерство може да бъде толкова опасно, колкото и изкуственият интелект

Голямо бедствие от covid19 може да унищожи хората поради малка небрежност

Но човешкият мозък и ум няма да спрат, без да се изправят пред ситуацията

Човешкият ум-мозък винаги е склонен да лети като орел в глад.

Докато остаряваме

В пътуването на живота, докато остаряваме и остаряваме

Необходимо е да се изтрият много неща от папката на живота

Пътуването на живота е най-добрият учител и ни прави по-мъдри

Но носейки ненужни товари, раменете ни стават по-слаби

По-голямата част от информацията от миналото няма стойност

Така че, по-добре да изтриете и освежите ума

В променения сценарий трябва да намерим нови неща

Вместо да критикуваме хората, трябва да сме мили

Всеки ден, в който се движим към смъртта, е реалността

Губенето на време и енергия в спорове е безсмислено

Чрез опит, ако не се научим на мъдрост

В момента на смъртта ще напуснем безплодно кралство

По-рано осъзнаваме реалността на живота и несигурността на пътуването

Можем да избегнем ненужните кавги и притеснения на турнира

Усмивката и смехът са по-важни, когато остареем

Много нови възможности, усмивките могат лесно да се разгърнат

В противен случай нашата история ще отиде в забвение и ще остане неразказана

Всеки стар и мъдър човек осъзнава, че няма минало и бъдеще

Който го осъзнае скоро, може да избегне нежеланото мъчение в живота.

Забравете разделението, създадено от човека

Без значение е дали живеем на самотна планета или в мултивселена

В продължение на милиарди години животът се появява на тази планета и процъфтява

Цивилизацията дойде и цивилизацията изчезна заради собствените им грешки

Но сега поради глобалното затопляне цялата планета е в беда

Освен ако върховното животно не го осъзнае скоро, всичко ще рухне

Въпреки че точният курс и съдният ден никой не може да прогнозира

Ако не чувстваме от сърце и не действаме, по-рано ще настъпи холокост

Наред с търсенето на планета с мултивселена, гасенето на горски пожар е важно

Ако екологичният колапс се движи бързо, технологията ще бъде безсилна

Гледайки към далечния хоризонт, човечеството не трябва да губи най-близкото си зрение

За да спасите планетата, бъдете проактивни и забравете създаденото от човека разделение.

Облачните изчисления го направиха невидим

Облачни изчисления чрез квантов компютър

И все пак, доставен от същия местен доставчик

Дойде със стария си овехтял камион за доставки

Взимайки предварително платени материали от портали, се чувстваме забавни

По-рано му се обаждахме през нашия телефон, който не беше умен

Като му поръчаме, с добро утро и усмивка започва

Той използва химикал и молив, за да напише списъка с предмети

При всяко объркване той незабавно се обади за корекции

Сега той е просто агент по обработка и доставка на облачна компания

С клиентите си той загуби комуникация и хармония

Технологията го направи просто машина за доставка, подобна на робот

За своите стари клиенти и посетители той е само невидима връзка.

Ние сме виртуални

Звучи добре, ние не сме реални, а виртуални неща

Всичко, което виждаме, чувстваме и чуваме, е триизмерна холограма

Само информацията и данните се съхраняват в семената и спермата

Всичко е програмирано от квантови частици за срок

Нашите сетива не са програмирани да виждат протон, неутрон или електрон

Нашите органи също не са програмирани да виждат въздух, бактерии и вируси

Това, което не можем да усетим чрез нашите органи, съществува, но виртуално

В безкрайната вселена ние също не сме реални, а виртуални за другите

Холограмата е програмирана толкова перфектно, че си мислим, че сме истински

Също така се чувстваме, когато играем виртуална игра с непознати играчи

Виртуалната реалност на нашия живот е действителната реалност за нас

Ограниченият интелект, предаден в холограмата, е точен

Ще отнеме милиарди години, докато човешкият интелект разгърне вселената

По това време Вселената може да започне обратното пътуване.

Съзнанието на живота

Съзнанието за живота е комбинация от ДНК, образование, вяра и опит

Човешкото съзнание дава на човека по-висока интелигентност и любознателност

Животинското царство е приковано към същото ниво на интелигентност и активност, за да оцелее

За да се спасят животните от болести от бактерии и вируси, има човешка дейност

Животните са по-уязвими към естествения процес на болести и смърт

Животинските видове оцеляват само чрез естествен имунитет и размножаване

Веднъж изчезнал от земята, нито един вид не се е съживил автоматично

Никой не знае как и защо човешките същества са получили по-високо съзнание

Образованието, обучението и любознателността позволиха на човешката цивилизация да напредне

Мравките и медоносните пчели остават същите както преди пет хиляди години

Въпреки че тяхната дисциплина, отдаденост и социална почтеност хората се опитват да следват

Съзнанието на всяко живо същество е различно и уникално

Това разнообразие от живи същества може да бъде интегрирано чрез квантово заплитане

Религията вярва, че всичко е обвързано с Бог

Науката не е в настроение да приеме заплитането като част от свръхсъзнанието.

Котката излезе жива

Котката излезе жива и здрава от кутията

Присъстващите на събитието учени ръкопляскаха непрекъснато

Виждайки твърде много хора да пляскат, котката внезапно изчезна

Полуживотът на котката и радиоактивният материал спасиха котката

Човек може да се обзаложи, че принципът на несигурността работи за спасяването на живот

Шансовете Бог да спаси живота на котката са петдесет на петдесет

Това също е принципът на неопределеността на Хайзенберг

Въпреки че Стивън Хокинг каза, че Бог може да няма роля в създаването на света

Но за несигурността на живота и събитията, присъствието на Бог, човешкият ум се разгръща

Освен ако не поставим котката в клетка и точно предскажем бъдещето й

Науката няма да може да затвори Бог и несигурността на природата.

Голяма бариера

Фокусът е основен инстинкт за оцеляване

Ловецът не може да убие молитвата си без фокус

Играчите на крикет се фокусират върху топката и бухалката

Футболистите се концентрират върху топката и мрежата

В ежедневието съсредоточаването не е трудна задача

Тези, които владеят изкуството, напредват бързо

Едно младо момче може лесно да се съсредоточи върху красиво момиче

Но ми е трудно да изведа диференциално уравнение

За да постигнете майсторство в математиката, фокусът е решението

Фокусът може да концентрира слънчевата светлина, за да запали огън върху хартия

Практиката прави фокуса перфектен и резултатите по-умни

В живота неспособността да се концентрираш и фокусираш е голяма бариера.

Животът не е легло от рози, но има слънце

Мечтаем, надяваме се и очакваме животът да бъде легло от рози

Пътят, по който се движим, трябва да е гладък и златен

Но реалността е съвсем различна, сложна и илюзорна

Нашето съществуване се дължи на нестабилността на атома

За да станат молекули, всеки момент те се комбинират

несигурността е присъща част от живота ни във всяка разходка

Леглото от рози е възможно само в приказките

Животът ни е принуден да се движи по неравни пътища

Червената светлина може да нарасне в най-неподходящия момент

Ако се опитаме да бързаме, неизвестни сили ще ни наложат глоба

Дори в несигурността на живота има слънце

Пътуването на живота е пълно с възможности, успехът, вашите способности определят.

Върховно животно

Какъв ще бъде животът в паралелната вселена е голям въпрос

Освен ако човек не може да направи телепортация, няма идеално решение

Досега не можем да намерим точното местоположение на изчезнал малайзийски полет

Да се каже за точната форма на живот, без да се посети екзопланета, не е правилно

Каквото и да кажат учените, ще остане като хипноза, докато не ги посетим

В техния живот и управление на физическите неща може да има различна сфера

Разбира се, те може да не ходят на главата и да ядат през задника

Но без наблюдение отблизо, реалността никога няма да се разкрие

Напредналите същества от паралелната вселена може да живеят под някаква течност

Живите създания-русалки от детските приказки може да управляват там

Шансът да научите всичко от земята чрез сигнали е рядък

Освен ако не изследваме всяко кътче и ъгълче на безкрайния космос

Твърдението за човешките същества, владетелите на вселената е хипотеза като мъх.

О" Учени, скъпи учени

Вселената е красиво изтъкана и съвършена

Животът и смъртта са част от красивия му цикъл

Не правете човешките същества безсмъртни чрез генно инженерство

Човекът вече е разрушил екологичния баланс на земята

Биоразнообразието в живите същества е неделима част

Бяха минали милиарди години и много бавна еволюция

Чрез изчезването на динозаври и много други

Човешкият живот сега процъфтява на самотната планета

Преди безсмъртието чрез генетика и изкуствен интелект

Лечението на рака и генетичните заболявания са по-важни

Преди няколко хиляди години мъдреците са опитвали безсмъртието

Но се отказа да го опитва, осъзнавайки опасностите и безполезността му

Ако човешките същества станат безсмъртни, какво ще се случи с други животи

Честата травма при смъртта на домашни любимци ще бъде също толкова болезнена

В дългосрочен план, без промяна на мнението, безсмъртието ще бъде вредно.

Човешки емоции и квантова физика

Любовта и вярата не следват логиката

За човешкия живот и двете са основни

В нашия живот музиката е много важна

Сетивата идват от гена са присъщи

Но за живота комбинацията от атоми е органична

Фундаменталните частици всъщност са фундаментални е спорно

Струнната теория казва, че вибрацията е действителната форма

Квантовото заплитане е наистина призрачно нещо

Нови възможности, които сега предлага квантовата механика

И все пак, човешките емоции и съзнание, различно пеем.

Какво ще се случи с оригиналността и съзнанието?

В този свят може да нямам никаква цел или причина

Може би живея симулиран живот във виртуален затвор

Но имам собствено съзнание и оригиналност

Изкуственият интелект вече е нарушил мисловния ми процес

В оригиналността на моето мислене има застой и отстъпление

Ако интелектът и съзнанието ми станат подчинени

Със сигурност ще загубя позицията си на съзнателна координата

Вече ми е писнало да живееш на безцелна планета без посока

Никоя наука или философия не може да обясни защо сме дошли с каква цел

Произволна визия, мисия и цел, трябва да предположим

С изкуствения интелект и безсмъртието те също ще бъдат безсмислени

Не знам каква ще бъде дефиницията на живота, след като животът не остане крехък.

Когато разширяването на Вселената приключи

Ще продължи ли разширяването на Вселената безкрайно?

Или един ден внезапно ще спре да се разширява

Времето ще изгуби движението си напред и ще спре

Или поради инерция, ще започне да се движи в обратна посока

Колко смешен ще бъде животът на планетата Земя за хората

Хората ще се раждат като стари в местата за кремации

От огъня те ще бъдат посрещнати от семейството и приятелите

Вместо място за скръб, гробищата ще бъдат място за празнуване

Бавно старите хора ще стават все по-млади

Отново един ден те ще се превърнат в сперма и в утробата на майката ще изчезнат завинаги

Всички планети и звезди ще се слеят отново в една сингулярност

Но тогава няма да има физика и време за обяснение на всички дребни неща.

Реинженеринг

Природата извършва непрекъснато инженерство и реинженеринг

Това е вграден процес на сътворението и природата

Дори в процеса на еволюция, за по-добрите видове, това е жизненоважно

Без реинженеринг не може да се появи най-добрият продукт

Така че, за напредък и разработване на най-доброто, реинженерингът е задължителен

Човешкият мозък също извършва непрекъснато реинженеринг на мисловния процес

Ние се учим, отучаваме и отново се учим, когато истината е установена

Докато произведем най-доброто или открием истината, реинженерингът продължава

По този начин природата постигна най-доброто динамично равновесие

Реинженерингът и еволюцията са непрекъснати като махало.

Хигс Бозон, Божията частица

Когато беше открит, Хигс бозонът развълнува твърде много учените

И все пак в света Бог и неговите пратеници останаха такива

В Бог и пророците все още хората имат безкрайна вяра и доверие;

Фундаменталните частици са на мястото си от началото на времето

Така че за вярващите, независимо от откриването на Хигс бозона, всичко е същото

За световната война и бомбардировките на Нагасаки, вярващият смята, че това е вечната игра на Бог

Невярващият твърди, че независимо от Бог или без Бог, бомбата би създала пламък

За световната война и разрухата е виновно човешкото его и отношение

Вярващите бяха дали толкова много имена на Бог в различни части на света

Но Хигс бозонът, само с едно име, разкриват учените.

Старецът и квантовото заплитане

Слава богу, частица, беше риба, а не крокодил, Годзила или анаконда

Би било възможно според квантовата вероятност и заплитане

Тогава принципът на несигурността щеше да вкара стареца в корема

Неговата лодка беше твърде малка и крехка, за да оцелее в несигурността

Романът на Хемингуей спечели наградата като риба и за творчеството му

И все пак несигурността и квантовото заплитане тласнаха носителя на наградата до смърт

Дори след откриването на Божията частица, на тази планета смъртта е върховна истина

Няколко цивилизации отидоха в забвение, без да познават дори гравитацията и относителността

Хората сега използват квантови джаджи, без да знаят заплитането, безшумно

Нивото на знания, знанието и незнанието е разликата между цивилизациите

Половината знания и биоинтелигентността също могат да доведат човешката раса към унищожение.

Какво ще направят хората?

Необходими ли са повече от осем милиарда хомо-сапиенси на планетата Земя?

Страните от третия свят вече са пренаселени с полуграмотни

Никой не може да ходи, да кара велосипед, да шофира или да се движи удобно в азиатските градове

Разликите между имали и не са се увеличавали с всеки изминал ден

В името на религията, създаване на млада работна сила, без контрол на раждаемостта

Безработица, разочарование и неудовлетвореност навсякъде

Дигиталните пропуски накараха част да живее в нечовешки условия

За хората в неравностойно положение животът означава съдба и молба на Бог за милост

Увеличените самоубийства сред безнадеждни млади младежи са в пик

Сега с изкуствения интелект елиминираме все повече и повече работни места

В селското стопанство хората също бавно губят надежда за по-добро бъдеще

Какво ще правят безработните и безработните хора по света, въпросът не е несправедлив.

Космическо време

Времето е относително, вече установен факт и реалност

Пространството е безкрайно, Вселената се разширява без никакво съпротивление

Във връзката пространство-време гравитационната сила също е важна,

Скоростта на светлината е бариерата за времето и при тази скорост времето може да спре

Цялата концепция за пространство-време, материя-енергия, гравитация-електромагнетизъм може да дерайлира,

От Нютон до Айнщайн беше голям скок в изучаването на физиката

Квантовото заплитане сега променя много от основите,

Пътуването във времето и телепортирането вече не е история за научна фантастика

Изкуственият интелект скоро ще насочи това да се случи в нова посока

Хората може скоро да срещнат Исус и Буда чрез пътуване във времето по време на ваканция.

Нестабилната Вселена

След Големия взрив елементарните частици се раздвижват

Заредени с енергия от експлозията, те са развълнувани

Зараждащите се частици са нестабилни и не могат да оцелеят дълго

И така, комбинирайки се, те образуваха протон, неутрон и електрон

Заедно те направиха мини слънчева система от атоми, за да станат стабилни

Но повечето от новообразуваните атоми не успяха да останат стабилни

Атомите се комбинираха в различни пропорции и се превърнаха в молекули

С материите слънчевата система стана динамично стабилна

Отне милиони години на атомите да образуват биомолекули

Въглеродът, водородът, кислородът, азотът, желязото направиха биологичния живот възможен

Все пак не сме сигурни дали всъщност сме комбинация от атоми или вибриращи вълни

Фундаменталните частици може да са в действителност вибрация на Божията струна.

Относителността

Относителността е свойство на природата при създаването на галактиките

Преди Големия взрив и след него относителността винаги е съществувала

Нищо във Вселената и реалността не е абсолютно и постоянно

Теориите на науката, философията и психологията понякога са непоследователни

За да съществува присъствието на реалност и относителност, наблюдателят е важен

Хората познават относителността в нематематически формат отдавна

Историята за скъсяване на права линия без докосване не е млада

Религиозните текстове и философията обясняват относителността по различен начин

Айнщайн го формулира за човечеството и науката, чрез уравнения и математически

Животът, смъртта, настоящето, миналото, бъдещето са относителни и се познават от човешкия инстинкт

Концепцията за относителността спрямо човешкия мозък и цивилизацията е основен фактор.

Колко е часът

Съществува ли времето наистина в областта на човешкия живот?

Или това е просто илюзия на човешкия мозък за разбиране на реалността?

Има ли стрела на времето, която се движи със скоростта на светлината?

Или минало, настояще и бъдеще са само концепция за обяснение на съществуването?

В космоса няма единно време и навсякъде времето е относително

Материята и енергията са само реалност, която се проявява в истинския смисъл

Съмнението е винаги относно времето, душата и съществуването на Бог

Измерването на времето може да бъде произволно, единица като единица за дължина и тегло

Стрелата на времето от миналото към настоящето към бъдещето може да не е правилна

Времето може да бъде само единица за измерване на преобразуването, растежа и разпада на материя-енергия

Колко е времето, с потвърждение, дори учените учени не могат да кажат.

Голямо мислене

Хората казват, че мислиш мащабно, мисли голямо, ще станеш голям

Но докато мисля голямо, все по-голямо и по-голямо, ставам удивително малък

В релативисткия свят моето съществуване става незначително

Аз съм дори незначителен в моя район, е реалността на живота

В моя град, моя район, моя щат и в моята страна незначителността нараства

Когато видя на световно ниво, моето съществуване дори се превръща в нищо

В слънчевата система, галактиката, млечния път и космоса какво съм аз, няма отговор

Единствената реалност е, че съм жив и съществувам днес в моя дом със семейството

Без стойност, без значение, без необходимост нито за света, нито за човечеството

Еднопосочното безполезно пътуване, наречено живот, трябва да го намеря по мой собствен начин

Когато завърша пътуването си, хората ще продължат да се движат по тялото ми

Толкова сме малки и невидими сред осем милиарда, че какво да кажем гордо.

Природата плати цената за своя собствен процес на еволюция

Природата е платила висока цена за процеса на еволюция

До появата на хомо-сапиенс за животните нищо не е било илюзия

Дърветата, живото царство живееха щастливо, без да търсят никакво решение

Получаването на достатъчно храна, добра вода и въздух беше тяхното удовлетворение

Екологичният баланс има своята дума в процеса, а не паричните транзакции;

Появата на човека в процеса на еволюцията промени всичко

Природата трябва да се бори всеки момент, за да запази ядрото си и да балансира нещата

Човек промени хълмове, реки, заливи, плажове, крайбрежни линии за комфорт

Но за да запазите майката природа в баланса на нейната еволюция, никога не подкрепяйте

В името на цивилизацията и прогреса, всичко в природата, човекът изкривява.

Денят на Земята

Планетата Земя е красива не защото е изградена от въглерод, водород и кислород

Красиво е заради еволюцията и интелигентността на природата

Създаването на живот от малките атоми все още е голяма мистерия

Никой не знае дали животът е феномен само на тази планета от галактика

Или животът е дошъл от другаде на тази планета като наследствен

Красотата на живота се крие в неговото разнообразие и екосистема

Разрушаването на крехкото равновесие от човека е видимо и не рядко

Човешките същества смятат, че по силата на интелигентността земята е тяхно владение

За съжителство с други видове хомо-сапиенсът няма акъл

Празнуването на деня на земята за няколко часа е промиване на очите на човека и действие на случаен принцип.

Световният ден на книгата

Печатарската преса беше революционно изобретение

Голям като компютъра, смарт телефона и интернет

Пресата промени хода на цивилизацията чрез разпространение на знания

Книгите бяха носители като интернет на съвременните дни

Книгите изиграха жизненоважна роля в разпространението на знания като слънчеви лъчи;

Новите технологии оказват огромен натиск върху книгите

И все пак книгите издържат на атаката на всички аудио-визуални медии

В двадесет и първи век също книгите са първокласни вещи

Значението на книгите може да се сведе до цифровия формат и изкуствения интелект

Но с развитието на цивилизацията и знанието книгите ще запазят позиция.

Нека бъдем щастливи в прехода

Когато Слънцето потъмнее и ядреният синтез приключи завинаги

Какво ще правят съществата с изкуствен интелект на планетата Земя

Техният разпад и падане също ще започнат автоматично

Как AI създанията ще зареждат батериите си без слънчева енергия

За да получат малко заряд, те ще тичат като улични кучета и ще бъдат гладни

Човешките същества може да изчезнат много преди слънцето да затъмни

ИИ съществата сами трябва да се изправят пред феномена и да се подиграват;

Ако някои големи астероиди ударят земята, преди слънцето да замръкне

Унищожението ще се случи заедно, хора, AI и всички живи същества

Оцеляването на AI създанията след удара на астероида също е далечно

Чрез собствения си ход природата отново ще прибегне

Нов жив организъм ще се появи отново чрез еволюция

За един по-добър нов свят това със сигурност ще бъде най-доброто решение на природата

Докато тези неща се случат, нека се наслаждаваме и да бъдем щастливи в прехода.

Наблюдателят е важен

При квантовото заплитане наблюдателят е най-важен

Експериментът с двоен процеп показа, че електроните се държат различно, ако се наблюдават

В релативистичния и квантовия свят без наблюдател няма смисъл на събитието

Така че, бъдете наблюдателят и почувствайте съществуването и реалността, аз съм центърът за мен

Същото важи и за вида, и за насекомите, които ядат дърво

Без моето съзнание дали вселената съществува или не е без значение

Човек без съзнание, макар и жив, нищо смислено не можем да съдим

Причината за квантовото заплитане досега никой учен не може да обясни

Но всичко във Вселената и Космоса е оплетено чрез невидима верига

Обединяването на гравитацията, електромагнетизма, ядрените сили, материята-енергия може да е Божият мозък.

Достатъчно време

Исус, цар Соломон и Александър имаха достатъчно време

Те постигнаха много през това време и на времето оставиха следи

Повечето хора са твърде заети в надпреварата с лихвите и нямат време

Някои хора си мислят, че са безсмъртни и ще постигнат големи успехи в бъдеще

Много малко хора знаят само, че безкрайното време е от особена природа

Науката също понякога озадачава какво всъщност е времето или какво наистина се движи

Или е като гравитационните сили, без да тече друго измерение

Пространството, времето, материята и енергията са важни, но времето е безплатно

Но за да купите дори малък апартамент в града, трябва да платите солидна такса

Вече имате време да бъдете Вивекананда, Моцарт, Рамануджан или Брус Лий.

Самотата не е лоша през цялото време

Понякога можем да мислим по-дълбоко в самотата

Помага да се концентрирате върху чистотата на ума

При нежелани тълпи умът усеща сънливост

Но за някои самотата може да доведе и до мързел

За някои може също да доведе до замъгляване на зрението;

Използвайте самотата като инструмент за интроспекция

Самотата също е необходима за медитация

Ако се концентрирате, това ще даде решение на неприятни проблеми

Докато сте сами, никога не опитвайте никакви лекарства или успокоителни

По-скоро излизане с приятели, по-добро лекарство

Използвайте самотата за концентрация и нова посока.

Аз срещу изкуствен интелект

Това, което знам, не е основното ми знание

Нито аз съм измислил азбуката, нито числата

Езикът, който знам, не е създаден от мозъчните ми функции

Огънят, колелото или компютърът също не са мое изобретение

Всичко, което съм придобил, идва от други

Общуването също е взето от баща, майка и роднини

Мозъкът ми само съхранява информацията като твърдия диск на компютъра

Има само тънка разлика между мен и знанията за AI

Уникалната разлика е моето съзнание и оригиналност

И мъдростта, която събрах чрез непрекъсната позитивност.

Етичен въпрос

На всеки кръстопът на прогреса винаги повдигахме въпроси на етиката

Независимо дали е било аборт или бебе от епруветка или клоунада на нов живот

Нямаше етичен проблем в убиването на хора във войни по дребни причини

Няма етичен проблем да се избият хиляди хора в името на религията

Но за пробивните научни и технически разработки идва етиката

Заради своите противоречия и неетични действия всички религии са глупави

Компютрите, роботите и интернет се считат за заплаха за работната сила

Но накрая всичко това се превърна в инструменти за по-бързо развитие и източник на ефективност

Изкуственият интелект и безсмъртието чрез генетиката вече са поставени под въпрос

След две-три десетилетия, всеки ще каже, че изкуственият интелект не е нездравословен.

Не знам

Движа се все по-бързо и по-бързо, без да знам защо се движа

Знаех само, че остарявам всяка минута и умирам ден след ден

Не знам откъде дойдох без да знам и сега си отивам

Вътре в черната кутия имам ограничени знания и информация

Извън кутията никой не знае какво наистина се случва

Нито науката, нито религията имат категорични доказателства

Но основният инстинкт на живота ме караше да се движа все по-бързо и по-бързо

Пътуването може да спре всеки момент без предварителна индикация

Или може да бъда принуден да продължавам напред и напред в продължение на седемдесет, осемдесет или сто години

Но накрая пътуването ще бъде завършено в самотни гробища.

Знам, бях най-добрият в състезанието с плъхове

Знам, бях най-добрият плувец и прекосих океана

Сред милиони аз бях най-силният и могъщ

Така че днес, според критериите на състезателните хора, аз съм успешен

Надпреварата с плъхове започна преди да видя светлината на този свят

Ето защо надбягването на плъхове е общо взето свързано с хората

Всеки, който е извън надпреварата с плъхове, хората не мислят смели

Истории за успех на победители в надбягване с плъхове, разказани с гордост

И все пак има няколко различни истории като Буда и Исус

Ето защо те са свръхчовешки същества от различен клас

Те са месията на човечеството и за надбягващата се маса.

Създайте своето бъдеще

Никой няма да създаде бъдещето ми
Трябва да го създам днес с работа
Въпреки че бъдещето е несигурно и непредвидимо
Създаването на основата за утрешния ден е лесно
Ако днес работим здраво за нашата мисия и цел
Утрешният ден идва с повече възможности
Ден след утре винаги има нужда от приемственост
Бог да им е на помощ, които си помагат не е виртуално
Когато дойде бъдещето, ще почувствате, че е реално
И така, днес създайте бъдещето си със забавление и усърдие.

Пренебрегнати измерения

Като живи същества ние сме по-загрижени за светлината, звука и топлината

По-малко се тревожи за електромагнетизма, гравитацията, силните и слаби ядрени сили

Хората се молят на слънцето, защото то е основният източник на енергия

Покланяйки се на реките и Бог на дъжда, хората показват значението на материята

Но сред всички измерения пространството и времето остават по-плоски

Основните четири сили бяха извън разбирането на първобитните хора

В противен случай тяхното поклонение и молитви биха били уместни и по-добри

В повечето култури има Бог и богиня на материите и енергията

И все пак няма Бог или богиня за най-важните измерения пространство и време

Въпреки че за съществуването на живи същества и двете измерения са първични.

Помним

Помним всички лоши инциденти в живота

По този въпрос хората са по-добри и експерти

Много малко хора забелязват нашите добри качества и добродетели

Дори ние самите забравихме хубавите си спомени

Паметта е по-заета в припомнянето на стари трагедии

Хората също не оценяват другите от ревност

Така че да знаете и да се учите от успешни съседи не е любопитство

Но в грешките на други хора се радвахме

Лошите новини много бързо и радостно хората разпространиха

Никога не съм виждал човек, който да клюкарства за качествата на другите

Човешкият ум винаги е склонен да връща минали несъответствия

Забравянето на лошите неща и лошите спомени е трудна задача

За щастие, мир и успех изтриването на лошите спомени трябва.

Свободна воля

Дори ако действаме нещо със съзнание и свободна воля

Резултатът или изходът е несигурен и може да не е желаният

Ето защо индуизмът казва, че никога не очаквайте плода на труда

Просто го направете със свободна воля и ефективно с отдаденост

Очакването на конкретен резултат размива решението на свободната воля;

Може да има изкушение за плодовете, преди да посадите дърво

Но волята и желанието за засаждане трябва да са съзнателни и свободни

Ако мислите твърде много за бурите, които могат да унищожат фиданката

Имайки предвид собствения си несигурен живот, умът ви ще спре да копае

Дори свободната воля също се управлява от несигурността, която се крие

Понякога го наричаме съдба, понякога съдба

Но без действие и работа приемате поражението със сигурност.

Утре е само надежда

Никой не знае какво ще се случи утре
Ако не съм жив, малко лица ще изразят скръб
Други ще продължат да казват почивай в мир
Освен собствената си кръв, никой няма да пропусне
Реалността на живота е много проста и ясна
Да умреш и да кажеш сбогом не се страхувай
Последният дар на живота не е богатството, а смъртта
Един ден всички мои приятели и познати ще умрат
За да ги спасите завинаги, вашият опит ще бъде напразен
По време на раждането, знаейки истината, едно дете плаче.

Раждане и смърт в Хоризонт на събитията

Моят рожден ден не беше събитие в света, без да говорим за галактики

Дори раждането на Буда, Исус, Мохамед не е било събитие при раждането

Моята смърт също ще бъде толкова незначителна, колкото беше моето раждане

Нито Асам, Индия, Азия ще спрат, нито Америка ще забави темпото

Дори светът продължава както обикновено след смъртта на Даяна и британските корони

Няма съжаление за моето раждане, нито ще има съжаление за смъртта

Като приливите и отливите на океана ние дойдохме и си отиваме след няколко мига

Следите, отпечатъците остават само в съзнанието на близките

Там, където тези наблюдатели също заминават, няма съществуване в хоризонта на събитията

Не се надявайте, че квантовата и паралелната вселена ще дадат по-добро представяне на живота

Ultimate Game

Чух най-големия звук и най-ярката светлина от Големия взрив

Това беше началото на нов живот, раждането на плачещо дете

Наблюдателят е важен, както доказа експериментът с двоен прорез

Без наличието на наблюдатели, за новороденото, Големият взрив не е уместен

Раждането на новородено е толкова важно, колкото и Големият взрив за една майка

"Детето е бащата на човека" е по-популярно навсякъде

Големият взрив никога не би бил обяснен без наблюдател

За всяка теория или хипотеза трябва да има наблюдаващ баща

Преобразуването на енергията на материята и обратното е започнало преди появата на хомо сапиенс

Превръщането от една форма в друга е върховната игра на природата.

Време, мистериозната илюзия

Миналото и бъдещето винаги са илюзия

Миналото не е нищо друго освен разреждане на времето

Бъдещето е само очакване във времето

Настоящето е само с нас за разрешаване

Ако не действаме, то ще изчезне без намек;

Времето няма инерция, когато надникнем в миналото

Въпреки че областта и историята на миналото са много обширни

Не можем да гледаме в бъдещето, така че как да има импулс

Настоящият момент е само в нашите ръце, винаги оптимален

Миналото, настоящето и бъдещето наблюдаваме чрез кванта на частиците.

Бог не се съпротивлява на собствената воля

Убийството в името на нацията, религията не се смята за престъпление или грях

Тогава как самоубийството в името на религията може да се нарече лошо

Няма доказателство, че хората, които се самоубиват, са грешни

За да се отърве някой от болката и нещастието, самоубийството може да бъде печелившо

Когато Исус беше разпнат, той се молеше за невежите хора

От болка и нещастие, ако напуснете света, не трябва да има проблеми

След смъртта този свят е нематериален за мъртвите

Само понякога близките и скъпите ще бъдат тъжни

Ако убийството за самоотбрана не се счита за престъпление

Самоубийството, за да се защитиш от болка и нещастие, трябва да е добре

Не можем да измерваме смъртта чрез различни критерии за удобство

Ако зрелият възрастен умре по собствена воля, Бог няма причина за съпротива.

Добро и Лошо

Необходимостта е майка на изобретението

С всяко изобретение има предпазливост

Ходенето и бягането са полезни за здравето

Чрез фитнес залите някои хора създават богатство

Велосипедът дойде в цивилизацията, за да се движи по-бързо

Хората бяха изненадани как се движи на две колела

За кратко време велосипедите не останаха чудо

През деветнадесети век да имаш велосипед е гордост

В днешно време велосипедите се смятат за каране на бедни хора

Автомобил и мотоциклет избутаха велосипед в задната част на сцената

Но като здраво превозно средство, това е позиция, велосипедът все още се справя

Няма гориво, няма замърсяване, няма нужда от места за паркиране

На места с много хора карането на велосипед отново се насърчава

С нулеви въглеродни емисии това беше велико изобретение за човечеството

По-честото използване на велосипеди ще помогне за подобряване на качеството на въздуха

Пластмасата е добра поради лекото й тегло и е нечуплива

Но в природата пластмасата и полиетиленът не са биоразградими

Полиетиленът и пластмасата направиха естествените водоеми нещастни

Намирането на полиетилен в стомаха на морски животни е ужасно

Стъклото е добро, но крехко и обемисто за носене

Ето защо пластмасата лесно може да открадне историята

Бързата храна е лоша, но без полиетилен не може да се движи

Без пластмаса самолетната и автомобилната индустрия нямат надежда

Полиетиленът и пластмасата ни осигуриха евтини ръкавици по време на периода на Covid19

В противен случай смъртта щеше да докосне друг рекорд

Двете добри и лоши страни на всяко изобретение и откритие

Разумният подход и оптималното използване са неизбежна необходимост.

Хората оценяват само няколко категории

Никой няма да те познае, ако не си добър певец

Няма да бъдете известен, освен ако не сте актьор или артист

Хората няма да слушат добрите ви мнения, освен ако не сте политик

Някои хора ще отидат да те видят, ако си магьосник

Дори и да заблуждавате хората в името на Бог и религията, вие сте велики

Без признание за упоритата работа и честността, които залагате

Ще бъдете оценени, ако можете да играете футбол или крикет по-добре

Вот добри автори и поети, само няколко ученолюбиви помнят

Дори да сте прекарали целия си живот в работа за хората, това едва ли има значение

Един ден ще умрете като трудолюбивите пчели в кошера

Понякога може да не бъдете запомнени дори от партньора си в живота.

Технология за по-добро утре

Технологиите винаги са за по-добро утре и бъдеще

Наред с религията, технологиите също оформят културата

Религията, културата, технологиите и икономиката вече са колоидна смес

Без технология структурата на цивилизацията ще бъде твърде слаба

Прогресът на човечеството ще бъде невъзможен за напредък

И все пак технологията винаги е нож с две остриета

Някои изречения имат двойно значение, добро или лошо, както тълкуваме думата

Пистолетът, динамитът, ядрените бомби доказаха, че технологията може да бъде опасна

Владетелите и кралете винаги злоупотребяваха с тях, изпадайки в ярост

Рационалност и мъдрост, човекът трябва да се научи да борави с технологията

Но досега човешката ДНК е придобила его и каран манталитет

Използването на технологии за задоволяване на егото, ревността, алчността ще унищожи напълно цивилизацията.

Сливане на изкуствен и естествен интелект

Сливането на изкуствен интелект с биологичен интелект може да бъде опасно

За човечеството придобиването на съзнание чрез ИИ в бъдеще може да има сериозни последици

Опазването на естествения интелект за биоразнообразието е ценно

Сливането на изкуствения и естествения интелект ще промени пътя на еволюцията

Процесът на унищожение ще се ускори и тогава няма да има решение;

Изкуственият интелект няма да може да изкорени войната, насилието или неравенството

По-скоро в процеса на синтез изкуственият интелект ще придобие всички лоши качества

Робот с ревност, омраза, его и негативни нагласи няма да бъде ценен

Крайният резултат от конфликти между различни клонове на AI е очевиден

Използването на ядрени бомби може да стане ред на деня за надмощие

Моля, спрете сливането на изкуствен и естествен интелект чрез правоспособност.

В една различна планета

Животът ти започва на шестдесет, но на друга планета

Спрямо вас става по-слаб семейният магнит

Гравитационната сила става по-силна, така че не можете да скочите високо

Когато бягате, гърлото ви бързо пресъхва

За да се качите на дърво и да откъснете ябълка, не трябва да се опитвате

Поради по-слабата магнитна сила, изискването за енергия е по-малко

Така че вашият прием на храна и висококалорични материали намалява

Когато срещнете млади момчета с обеци в ушите и носа

Твоите добри стари младежки дни, паметта ти носи

Никой не желае да слуша вашата мъдрост и добри истории

В бележника си започвате да записвате сладките си спомени

Вашият профил във Facebook ще бъде посещаван само от вашите приятели

Защото като вас, те също са изправени пред същите тенденции

Планетата, на която живеете, става различна след шестдесет

По никакъв начин не се сравнява, с вашия живот на двадесет няма равенство.

Разрушителен инстинкт

От просещи човешки умове, пълни с разрушителен инстинкт

Унищожаването и убиването на близкия клан или племена беше тактика за оцеляване

Армията на нашествениците винаги се е опитвала да увеличи максимално унищожението

Така че победените хора умират своевременно от глад

Войната, убийствата, робството бяха неразделна част от човешката цивилизация;

Все още е обичайно да станеш по-мощен от съседите

Егото на комплекса за превъзходство винаги освобождава бойна отрова

Въпреки че човешките умове са напреднали достатъчно, за да създадат AI

Те все още не могат да кажат не на разрушителния манталитет чао-чао

Същият манталитет, един ден, техните творения AI ще опита

Човешката цивилизация, завинаги, от тази планета ще умре.

Дебелите хора умират млади

Сумистите не живеят дълго, защото са обемисти

Големите звезди също не могат да оцелеят твърде дълго, тъй като са тежки

Те се срутват поради собствената си гравитационна сила, която тегли навътре

Гравитационният колапс принуждава междузвездната материя да запали синтез

Сега някои учени казват, че Вселената не е нищо друго освен илюзия

Защо и с каква цел са дошли живи същества, няма решение

Божествената частица и Божието уравнение са все още далечна мечта

Да откриеш Бог, дори ако Бог наистина съществува, е много тънко

Нашето съществуване е дошло за нещо или нищо е просто вероятност

Хубавото е, че фундаменталните сили не правят пристрастия.

Многозадачността не е лекарството

Смартфонът може да извършва толкова много дейности, но все пак не е живо същество

Дървото може да прави само едно нещо, наречено фотосинтеза, но то е живо същество

Многозадачността сама по себе си не може да направи някого или нещо по-добро за съществуване

Дървото е единственият източник на храна и кислород, но срещу изсичането на дървета няма съпротива

Милиони дървета се изсичат всяка година за земеделски и жилищни цели

Но учените не предлагат алтернативен източник на хлорофил за производство на храна

На семинари и работни срещи проблемът с изсичането на дървета се решава умело

В резултат на това природата бавно ще налага все повече и повече бедствия

Глобалното затопляне нито смартфоните, нито изкуственият интелект могат да намалят

За да попълни унищожената гора, хората трябва да произвеждат все повече и повече фиданки.

Безсмъртен човек

Животните не осъзнават и не чувстват, че са смъртни

Техните инстинкти са толкова животински, за задоволяване на органи

Повечето човешки същества също не знаят, че са смъртни

Ето защо хората са алчни, корумпирани и подпалващи войни

Основната цел на социалния живот сега е отслабнала

Все по-малко са хората, които умират от глад

Все повече и повече хора сега умират за насилие и война

Сякаш на основния боен инстинкт върховното животно също се предава

Подобно на кучетата и котките, хората също стават нетолерантни към ближния

Освен ако хората не разберат, че той е смъртен и в света за ограничено време

Той винаги ще остане егоистичен, алчен и за него престъпността е добре

С измама или измама човек се опитва да придобие богатство в продължение на хиляди години

Той също така се опита много да защити физическото си тяло, тъй като то е много скъпо

Когато той умира, дори и в този момент, повечето хора не осъзнават истината

Като пчела в кошера, той пада и умира, оставяйки мед за храна на другите.

Странното измерение

Измерението на времето е наистина странно

Само относителността е способна да се промени

Безделните и неуспелите нямат време

За успешните двадесет и четири часа е добре

Който си мисли, че никога няма да умре, винаги в недостиг

Но кой си мисли, че може да умра тази нощ има много в склада си

Времето никога не прави разлика между бедни и богати

Каста, вяра, религия нищо няма значение в сърцевината на времето

За всички скоростта на времето е еднаква и еднаква

За да запазите отпечатъка си навреме, човек трябва да играе навременна игра.

Животът е непрекъсната борба

Животът винаги е непрекъснат път на борба

Всеки момент сме длъжни да се сблъскаме с проблеми

Препятствията могат да бъдат малки, големи или ужасни

Под натиск останете твърди и не се огъвайте

Ако спрете да се биете, ще се превърнете в развалини

Когато е необходимо, движете се назад и дриблирайте

В следващия момент ще видите напредъка си видим

Изправяйте се смело във всяка беда, но бъдете смирени

С увереност капацитетът за преодоляване на проблема ще се удвои

Никога не забравяйте, животът е твърде кратък като въздушен мехур.

Летете все по-високо и по-високо, усетете реалността

Когато погледнем от, горе над небето

Големите къщи стават все по-малки

Хората стават невидими като бактерии

Но те съществуват такива, каквито са, когато започнахме да летим

Все още можем да ги видим с мощен телескоп

Само нашата позиция е относителна от космически кораб

Игнорирането на нещата от голяма надморска височина е лесно за ума

Разширете ума си на по-високо ниво, разширете го

Малки и дребни неща, които никога няма да срещнете

Негативните хора никога няма да дойдат да поздравят

С разширен и овластен ум просто летете

И опитайте да съберете нектара от цвят на цвят

Насладете се на ароматите на рози, жасмин и др

Един ден, иначе и вие ще умрете, пазейки всичко на склад

Така че, защо не летите и не летите и се наслаждавате на меда, светът е ваш.

Да се справя в живота

За да се справите в живота, побеляването на косите не е достатъчно

За възрастните хора съвременните технологии са трудни

Днешната технология остарява още на следващия ден

Какво ще се случи следващия месец дори технологът не може да каже

Човешкият мозък има ограничен капацитет да усвоява и запазва данни

Познанието до човешката ДНК идва по еволюционна верига

Подобно на робот, интелигентността не може да бъде инсталирана в човешкия мозък

Изисква се много време и търпение, за да се тренира правилно дете

Ако изкуственият интелект е слят със съзнание и емоция

Няма да има цел от биологичното подобрение и еволюция

Това може да доведе до бавно разпадане на човешкия мозък и деградация на човечеството

За да направи човешкия живот по-удобен, AI може да не е най-доброто решение.

Само купища атоми ли сме?

Дали сме купчина от протони, неутрони, електрони и някои елементарни частици?

Скалите, моретата, океаните, облаците, дърветата и други животни също са просто купища

Тогава защо на някои купища им се дава дишане, живот и съзнание

В същата комбинация от атоми някои животи са невинни, а други опасни;

Няма оттовори, нито от Божията частица, нито от експеримента с двоен процеп

Защо и как две частици се заплитат, дори ако са разделени от милиарди мили

Наблюдаваме ли само кумулативните ефекти на комбинациите от атоми?

Но все пак ние вървим в тъмнината по отношение на фундаменталния въпрос

Всемогъщият може да бъде затворен в клетка и заточен от науката, само когато ни даде перфектно решение.

Времето е разпад или прогрес без съществуване

Времето не е нищо, освен непрекъснат процес на разпад или прогрес

Само по себе си времето не съществува, нито нещо, което времето може да притежава

Времето може да не тече от миналото към настоящето към бъдещето

Да разбираме времето по такъв начин е природата на нашия мозък

Костенурката дори и след триста години не знае миналото

За бъдещето двеста годишният кит никога не планира или създава доверие

Измерването на времето е относителен процес, за да се идентифицира бавен процес на гниене

Но в продължение на милиони години планината и океаните остават здраво

Човешкият мозък не може да разбере времето след сто и двадесет години

Времето не тече, но да се разпадне, умовете ни само се страхуват: днес да наздравеем.

Фараоните

Фараоните на Египет са били мъдри и реалисти

Те знаеха добре, че всеки момент животът може да стане статичен

Фараоните започват да строят пирамиди веднага след коронацията

За тях опитът да станат безсмъртни не е практично решение

Те никога не очакват, че любимият човек ще построи паметник

Да построиш собствен гроб приживе е по-уместно

В Индия също през древността старите хора отиват в Хималаите, за да посрещнат смъртта

След като спечелиха войната Махабхарата, Пандавите последваха същия път

Много мъдреци са опитвали различни трикове и средства, за да бъдат безсмъртни

Но осъзнавайки реалността, смъртта е окончателната истина, и се държа разумно.

Самотната планета

Нашата любима Земя е самотна планета в Слънчевата система

Подходящ за обитаване и биологичен живот с кислород

Милиони години еволюция ни направиха хора със съзнание

Но на самотната планета за хората има самота

Може да има осем милиарда живи хомо сапиенс на земята

Хората са самотни в живота си, дори след като са станали богати и умни

Ние сме социални животни, както винаги твърдим, но всъщност егоизмът е играта

Алчността, егото и комплексът за превъзходство на ума ни направиха самотни

Всеки знае също, че сам ще трябва да направи последното пътуване.

Защо се нуждаем от война?

Защо имаме нужда от война в съвремието

Комунизмът вече е почти мъртъв

Расовата дискриминация се забавя

Замърсяването и унищожаването на природата е в пик

Технологията обединява хора от всички раси и религии

Но поради деструктивното мислене, бъдещето на цивилизацията е мрачно

Човешката ДНК на войнолюбието винаги поема водещата роля

Миротворческата ДНК в човешкото тяло е твърде слаба

Нито Бог, нито науката успяха да спрат войната и убийствата

Развитите страни все още са заети с продажбата на оръжие

Бедните и глупави нации стават бойно поле

Всеки момент има страх от най-голямата рана от ядрени бомби.

Откажете се от постоянния световен мир

Преди хиляди години той ни учи на ненасилие

Той осъзна важността на мира и тишината

Но тъй като сме последователи на Буда, ние продължихме насилието

Исус пожертва живота си, за да спре убийствата и жестокостта

Неговите учения също сега тихомълком се отклоняват от нашите ценности

Технологията също така не успя да интегрира хората заедно за постоянно

Постоянният мир и братство са все още далечна мечта

Всеки иска да започне насилие заради каста, раса и религия

Квантовото заплитане не успя да обясни, омраза, алчност, ревност и его

Освен ако решението не дойде от технологията, светът трябва да се откаже от постоянния мир.

Липсващата връзка

Не можете да ядете тортата и да я имате също

Това противоречи на закона на природата

Нито можете да отидете в миналото и бъдещето си

Да се вярва и на двете, и на Бог, и на Дарвин, е лицемерие

И двете хипотези не могат да бъдат верни, които всички знаем

И все пак, за да оттоворим на въпроса до логично заключение, ние сме бавни

Хората тълкуват и двете хипотези според удобството

Но такава хипотеза никога не може да бъде вярна или наука

Липсващите връзки на Дарвин все още липсват

Ето защо повечето хора се молят на Бога и търсят благословение.

Божественото уравнение не е достатъчно

Вместо да умре в кутията, котката излезе с коте

Никой не забеляза и не тества котката за нейната бременност

Шрьодингер сложи котката в кутията без дребни наблюдения

Несигурността по отношение на прогнозите е по-сложна

Дали котката е мъртва или жива не е единственият въпрос

Квантовата физика трябва да даде твърде много мнения и решения

Котката можеше да роди няколко бебета

Малко мъртви в момента на отваряне на кутията и малко живи

Отговорът на Божието уравнение и Божията частица не е достатъчен

Да се реши въпросът за съществуването на Вселената е много трудно.

Равенството на жените

Те тормозят самотна жена в името на удоволствието

Понякога три, понякога четири, а понякога и повече

Животинският инстинкт в най-лошата форма да смаже фаталната жена

За пари, в името на гражданската свобода, душата на жената е унищожена

И те твърдяха, че са факлоносците на човечеството и цивилизацията

В мисловния процес на хората няма рационалност и модерност

Оправдайте всичко под комплекса за превъзходство, егото и свободната воля

И претендира за равенство на жените на тяхната територия и култура

След като повдигнете воалите, можете да видите истината за трафика на жени

Експлоатация по животински инстинкти, бруталност, нехуманно отношение мига.

безкрайност

Безкрайност минус безкрайност не е нула, а безкрайност

Думата безкрайност е странна дума за човечеството

Концепцията за безкрайност е ограничена само до хомо сапиенс

Всички други живи същества не се притесняват от безкрайната вселена

Понятията за безкрайност сред хората са разнообразни

Броенето на числата завършва до безкрайност, както нашият мозък не може да разбере

Но за галактиките и звездите безкрайността означава безграничност

Отвъд границата нашият мозък и учените не могат да проследят

Когато се появи концепцията за Бог, безкрайността има сингулярна основа

Без безкрайност математиката и физиката ще отидат в кошарата.

Отвъд Млечния път

Колко голям е космосът или вселената е извън разбирането на човешкия мозък

Бариерите на скоростта и времето ще ни задържат в нашата местна галактика Млечен път

Дори Млечният път е толкова обширен, че изследването на всичките му кътчета и кътчета ще бъде невъзможно

С неморалността на човешкия живот от науката и изкуствения интелект също ще бъде кратък

Преди да завърши проучването и пътуването, самото ни слънце ще потъмнее и ще угасне завинаги

Да се опитваме да изследваме галактиката отвъд Млечния път във времево измерение е абсурдно

За да направим това, нашият живот трябва да бъде извън полезрението на пространството и времето

Как се появи това безкрайно съществуване на материи и галактики е странна игра

Все още не сме наясно с тъмната материя на Вселената и как се е появила

Пътуването на астрономията и изследването на Млечния път ще бъде безкрайно дълго.

Бъдете щастливи с утешителната награда и продължете напред

Нищо не е било, нищо не е и нищо няма да бъде под мой контрол

И все пак винаги съм бил доволен от консолидиращата награда

Всеки път се изправям отново и отново дори след голямо падане

Никога не съм искал помощ от краля или колеги приятели, за да ме вкарат в правия път

Имам доверие само в себе си и възможностите си

Много хора се опитваха да ме съборят отново и отново

Изсмях им се, защото усилията им ще отидат напразно

Те също никога нямат контрол над своите желания и усилия

Когато не можеха да направят живота си смислен и велик

Как могат да възпрепятстват настоящите и бъдещите ми дейности

Те са щастливи да губят ценното си време от живота

Клюките и дърпането на краката са безделни спътници на мъжете като безполезен нож.

Covid19 не успя да се закопчае

Ковид 19 не успя да сломи човешката цивилизация и дух

И така, хората бързо забравиха бедствието, пред което е изправено човечеството

Вече никой не си спомня внезапно загиналите

Хората отново са твърде заети в ежедневието си и нямат време да погледнат назад

Алчността, егото, омразата и ревността на човека останаха такива, каквито са

Не се научава общ урок като общество или група от хора

Този начин на мислене на човешките същества е наистина странен и изненадващ

Хубавото е, че предаването върви без прекъсване

За да оцелее в най-лошото бедствие, за човечеството това е най-доброто решение

Нека цивилизацията продължи да следва закона на естествения подбор.

Не бъдете бедни на мислене

Може да имате бедни банкови баланси, но никога не бъдете бедни на ум

Всеки момент, навсякъде богатство и пари можете лесно да намерите

Нагласата е най-важното нещо за изкачване по стълбата към успеха

Във всяка платформа след изкачване ще намерите необработени диаманти в пълни кутии

В реалния живот няма вълшебна лампа като в приказките, трябва да режете необработени диаманти

В следващата платформа на стълбата трябва да се извърши полиране на диаманта

Ако отношението ви е негативно, никога не можете да изкачите голяма надморска височина

Ще останеш на дъното на Хималаите като бедняк

Когато вашите приятели и съседи успеят, ще бъдете изумени

Но техните мъки, докато събираха перли от дълбокото море, никой не осъзнаваше.

Мисли мащабно и просто го направи

Когато мислиш, мисли мащабно и просто го направи

Яжте идеята, изпийте идеята, мечтайте за идеята

Нищо не може да ви попречи да превърнете идеята си в реалност

Работете упорито с отдаденост и отстоявайте здраво идеята си

Заспивай с голямата си идея и планиране

Нов път и решения на проблемите ще дойдат на сутринта

На всеки кръстопът може да има съмнения и объркване

Но с постоянство бързо ще намерите решение

Не се отказвайте от дивата си мечта и идея, изправени пред критика

Преди да успеете и да достигнете върха, винаги ще бъдете обезкуражени от цинизъм.

Само мозъкът не е достатъчен

Мозъкът е необходим за интелекта и съзнанието

Но само мозъкът не е достатъчен, за да имаме емоции и мъдрост

Невроните, излъчвани по време на любов, омраза, ревност, са сложни

Преплитането на ума и мозъка винаги е твърде объркващо

Всички бозайници имат интелигентност от различен ред и ниво

В някои от задачите повече от хомо сапиенс, други животни могат да превъзхождат

Една различна история за превъзходство, която всяко животинско царство трябва да разкаже

Добре, че съзнанието за рая, животните не могат да кажат

Това не означава, че всички, освен хората, отиват по дяволите

Само на хората въображаемото и измамата се продават много лесно.

Броене и математика

Хората знаеха разликата между яденето на една и две ябълки

Концепцията за числени способности се свързва с ДНК

Мозъкът можеше да разбира числата преди да бъде открита математиката

Дори животните и птиците също могат да визуализират числата в мозъка си

Индуцирана интелигентност, съвременната математика в днешно време тренира

Откриването на математиката е огромен скок за човешката цивилизация

Без математика милиарди задачи няма да имат решение

Числените и езикови способности са в основата на човешкия интелект

За напредъка и успеха тези два компонента са важни

Емоционалната интелигентност също е присъща на човешкия ген

Опитът и средата правят интелигентността, емоциите силни и чисти.

Паметта не е достатъчна

Запомнянето на факти и цифри и самото възпроизвеждане не е интелигентност

Самото знание не е сила, а само оръжие за власт

Въображението и иновациите са по-важни от паметта и знанието

Изкуственият интелект има по-добра памет, което трябва да приемем и признаем

И все пак ще бъде трудно за AI да победи човешките същества в иновациите и изобретенията

Имаме въображение, емоция и мъдрост, които все още липсват на AI

В надпреварата за изобретения и иновации хората имат ДНК подкрепа

В ерата на компютъра и ChatGPT, мислете отвъд черната кутия и границата

Вашето въображение и мъдрост са уникални за вас и ви дават крила

В битката с AI и компютър, хората ще успеят на ринга.

Колкото повече давате, толкова повече получавате

Колкото повече давате на хората в неравностойно положение, толкова повече получавате

Щедростта е човешка ценност от по-висок порядък и голяма

Законът за привличането няма да позволи намаляване на нетната ви стойност

Третият закон за движението на Нютон е верен за всяка област на живота

Законите на природата протичат като водопровод без прекъсване

Плодът на добрите дела може да отнеме малко повече време, за да узрее

Но бъдете сигурни, че ще дойде един ден, може да е в различен вид

Когато засадите ябълково дърво, природата няма да даде къпина

Този плод не можете да промените, той е собствена територия на природата

За един по-добър нов свят, с добри добродетели, винаги проявявайте солидарност.

Пуснете и забравянето е също толкова важно

Животът е интеграция на твърде много мъчения на тялото и ума

Заради нашия боен дух на DND винаги намираме начин

Изтезанията направиха тялото и душата ни по-силни като коване на стомана

Повечето от нараняванията, нашата система за устойчивост лесно може да излекува

Изцелението на ума може да е трудно, но времето и ситуацията са принудени да се променят

Най-трудният проблем в живота също, времето може да реши един ден

Да забравяме нещата е добра добродетел за балансиране на душата ни

Във водонепроницаемата памет животът ни ще се превърне в затвор и ад

За да забравите унижението и мъчението на живота, пускането е важно

Изкуственият интелект като паметта за човешкия мозък има катастрофална сила.

Квантова вероятност

Съществуването ни със смъртността е единственото чудо във Вселената

Нищо друго не е странно, всичко се управлява от определени закони

В целите галактики няма абсурди, ограничения и недостатъци

Атомите, фундаменталните частици или разпадането на неутроните не са нещо ново

От началото на образуването на материята вариациите на физиката са малко

Относителността, квантовата механика може да са ново познание за цивилизацията

Но много преди хората природата е направила цялата стандартизация

Физиката или други процеси не могат да принудят протона да се върти около електрона

При формирането на материалния свят не е имало естествен подбор

Цялото ни знание е квантовата вероятност и пермутационната комбинация.

Електронът

Вселената на материята е нестабилна по своята същност

Защото електронът не може да остане тих

Електронът е една от най-важните частици

Но поведението и свойствата му не са прости

Съществуването на електрон в атома е диалектическо

За свързването на протон и неутрон ролята на електрона е решаваща

Може да се дължи на нестабилния електрон, хаосът винаги се увеличава

Ентропията на Вселената и творението никога не намалява

Плачът на дете при раждане чрез ДНК е електронен ефект

Безпорядъкът и хаосът ще се увеличат, отразява и новороденото.

Неутрино

Неутриното са спътник на мощните електрони

И все пак те са пренебрегвани и не са популярни като своите колеги

Наричат ги призрачните частици, тъй като могат да проникнат във всичко

Никой не знае дали са вълни от вибрираща струна

Ние също не знаем как те получават масата, докато универсално пътуват

Но като фундаментални частици неутриното имат много значение

Неутриното имат три различни вкуса, което е вълнуващо

Дори да се занимаваме с Божията частица Хигс бозон, неутриното са хитри

Неутриното идва от слънцето и с космическите лъчи

Физиката на елементарните частици трябва да измине дълъг път, да кажем за призрачните неутрино.

Бог е лош мениджър

Бог е отличен физик и много добър инженер

Но той е лош учител по управление и лош лекар

Управлението на света е много бедно на конфликти

Той ограничава движението на хора с визи

Няма ограничения за животни и птици от по-нисък клас, неизвестни причини

И все пак е показал по-малко доброта към животните

Всеки ден във войни и от екстремисти се убиват деца

Но да спре всички тези жестокости към любимото му животно, той никога не казва

Милиони хора умират всяка година, страдайки от нелечима болест

Лекарите направиха много пари и Бог ги хвали

Инженерите правят иновации, без да мислят много за последствията

В името на спасяването на живота лекарите често правят грешки в последователностите.

Физиката е бащата на инженерството

Физиката е бащата на всички инженерни дисциплини

Електриката е бащата на електрониката, но и двете не са прости

Mechanical е бащата на производствения инженеринг

За контрапретенциите за бащинство мехатрониката страда

Строителното инженерство има много осиновени деца без ДНК връзка

Химическото инженерство е заето, как мислят молекулите

Най-младото дете на физиката, компютърните науки вече са крал

Те нокаутираха цялото инженерство, за да претендират за трона на ринга

Смартфоните и квантовите компютри ще им помогнат да управляват още няколко години

Когато изкуственият интелект се интегрира с мозъка, всички ще кажат наздраве.

Познанието на хората за атомите

Познанията на обикновения човек за атомите завършват с електрона

Те се задоволяват със знанието за протона и неутрона

Те няма нужда да се тревожат за фотон, позитрон или бозон

Хората са доволни от знанието за решението за падане на ябълка

В този процес разходите за ябълки се покачват поради населението

Компютърът и смартфонът помогнаха за бума на знанието

Но хората ги използват за прекарване на времето и спътник за забавление

Книгите изиграха по-добра роля за разпространението на електрон, неутрон и протон

Дори след като имате Google и Wikipedia под ръка, не познавайте бозона

Технологиите все повече се използват за оправдаване на остарялата религия.

Нестабилният електрон

Вълновите функции се сриват без нашето знание и наблюдение

Електронът излъчва енергия, за да остане в орбитата под формата на фотон

За неколапс на електрона принципът на изключване на Паули е решение

Електронът има неопределими замъглени вероятности в ядрото

Принципът на несигурността на Хайзенберг се опитва да говори за несигурна позиция

Атомната структура е контейнер за въртене на електрона около ядрото

Свободните електрони губят енергия, за да направят атома стабилен в природата

Но не е възможно електронът да харесва това в системата завинаги

Поради гравитацията, когато протоните уловят електрона, той става неутрон

Накрая всичко се срива до черна дупка в галактика, извън нашето въображение.

Фундаментални сили

Гравитацията, електромагнетизмът, силните и слабите ядрени сили са основни

И четирите са вселени и галактики, управляващи и контролиращи източници

Нищо материално не може да съществува без тези фундаментални сили

Силните и слабите ядрени сили са източниците на свързване на атома

Без гравитация звездите, планетите и галактиките ще се сблъскат

Електромагнетизмът е основен за нашите мозъчни функции и комуникация

Поради тези четири сили съществува планетарна комбинация

Защо и как са дошли тези сили, трудно е да се каже с увереност

Свързването на атомите след големия взрив се случи бавно поради тези сили

В процеса на охлаждане след големия взрив тези сили направиха всичко подредено.

Целта на Хомо Сапиенс

В продължение на няколко милиарда години няма смисъл от живи същества на земята

Изведнъж преди около десет хиляди години се е появила целта на човека?

Нито едно живо същество не знаеше какво е предназначението им на планетата със слънчева светлина

И все пак със слънчевите лъчи планетата, наречена от хората Земя, беше ярка

Нашите прародители маймуни и шимпанзета поддържаха тази планета правилна

След като хората осъзнаха своя интелект, те поискаха цел

Всички останали животни са техни слуги, предполагат хомо сапиенс

Целта на човешките същества може да бъде тяхното собствено въображение

Да се приеме хипотезата за целта, няма научно решение

Теорията на Дарвин за естествения подбор противоречи на концепцията за целта

Но тъй като естественият подбор има липсващи връзки, повечето хора приемат.

Преди да липсва връзка

Преди липсващото звено в еволюционния процес

Еволюцията постигна още един пробив

Това беше разделяне на X-хромозомата и Y-хромозомата

Полово неутралните живи същества също са били способни да се възпроизвеждат

За пола и размножаването неутралната хромозома не трябва да съблазнява

Половата диференциация чрез хромозома създаде неравенство

Твърдо се появиха два отделни ДНК кода на мъжки и женски

Беше половата диференциация за по-добра способност за възпроизвеждане

Или трябваше да направи еволюцията на живите създания от по-висок порядък простота?

И X-хромозомата, и Y-хромозомата са купища атоми

И все пак техните характеристики, свойства са различни и произволни

Подобно на липсващото звено, защо и как половете се различават, ние нямаме решение.

Адам и Ева

Митичните Адам и Ева представляват X и Y хромозома

Чифтосването на двете води до образуването на нов живот, следващото поколение

ДНК носи генетичните характеристики и информация

Генът е оттоворен за мутацията и непрекъснатата еволюция

Информационният носител ДНК е благоприятен за естествения подбор

Съзнанието идва чрез информация или не е мъгляво

Квантовото заплитане на частиците ни прави луди

В процеса на заплитане много хора се раждат мързеливи

Цялата картина на съчетаването на атомите с човека и живота все още е неясна.

Въображаемите числа са трудни

Въображаемите числа са трудни за представяне и разбиране

Нашият ум и мозък не могат лесно да разберат сложностите

Нещата, които са видими и докосваеми, мозъкът може лесно да разгърне

Трудните упражнения умът винаги обича да съхранява на студено

Ето защо, за да изразиш сложни неща, аналогията е много смела

Да видиш и докоснеш е да вярваш, това е основният човешки инстинкт

За въображаемата физика и философия има ограничен интерес

За да изследвате нови неща и идеи, въображението е най-доброто

Без въображение, възможно или не, науката не може да върви напред

Когато откриете или измислите нови неща, винаги получавате добра награда.

Обратно броене

В последния етап за започване на състезание винаги има обратно броене

Защото на този етап психическият натиск е огромен и нараства

При обратно броене нулата се счита за начална точка

Окончателният успех или неуспех на пътуването или състезанието само нула

Когато сте достатъчно зрели в прекрасния път на живота

Научете се да правите обратно броене за по-голям или по-голям успех

Без обратното броене, крайната цел никой не може да обработи

Човешкият живот е твърде кратък, за да се брои прогресивно до безкрайност

Обратното броене е единственият начин да вървим по пътя със солидарност

Ако не сте успели да започнете обратното броене и сте успели, не обвинявайте съдбата.

Всеки започва с нула

Ние всички сме родени да броим с вик, започващ с нула

При преброяване напред постиженията са повече, вие сте герой

Времето не позволява на повечето от нас да броят повече от сто

До деветдесет години хората се отказаха от ентусиазма си и се предадоха

На петдесет, когато сме по средата, по-добре да започнем да броим назад

Ще ви помогне да оцените живота и да се усмихнете за наградите на живота

Без да забелязват, хората броят години, месеци или дни

Утре много хора няма да могат да видят сутрешните слънчеви лъчи

Ако започнете да броите напред и назад навреме

Когато времето ви свърши, със сигурност ще достигнете върха.

Етични въпроси

Цялото ни знание, опит и интелигентност сме придобили сами

Изкуствен интелект от видимия свят, нашият мозък също се нуждае

Ако се опитаме да преживеем всичко лично, твърде скоро ще се уморим

Приемането на знания от други без проверка е изкуствено по природа

Много от тези знания ще се окажат грешни в бъдеще

Емоции като любов, омраза, гняв също могат да бъдат преструвани от мозъка

По различни причини, за изкуствена усмивка и радост, нашият мозък се опитваме да тренираме

Изкуственият интелект беше част от човешката цивилизация за прогреса

Без изкуствен интелект няма да има по-бърз и бърз успех

Интегрирането на естествения интелект и AI е най-трудната задача

Преди пълната интеграция с човешкия мозък обществото трябва да зададе етични въпроси.

All-Sin-Tan-Cos

Човешкият живот е четири квадранта пътувания във времето

Ако можете да завършите и четирите квадранта, вие сте късметлия и сте добре

Всеки трябва да премине през двадесет и пет години учене

Растежът на физическото тяло стига до своя край

Не всички имат късмета да преминат през първия квадрант поради несигурност

Времето и възрастта на смъртта все още са чудо за човечеството

Във втория квадрант от двадесет и пет години вие сте твърде заети с работа

В търсене на по-добър живот и бъдеща сигурност всички бягат

Някои хора се движат сами без придружител, за да се забавляват

Третият квадрант е времето за консолидация и фина настройка

Вашите знания, умения и богатство започнаха да се натрупват

Започнахте да изчислявате вашите дивиденти, успех и връзка

В третия квадрант вие сте шефът и главен изпълнителен директор, водещ други

Бавно губите апетит за повече богатство и напредване

Самоактуализацията и познаването на вътрешното Аз стават по-скоро важни

Докато влезете в четвъртия квадрант, сянката ви става дълга

Тялото ви придобива твърде много болести, вие не сте повече силни

Налягане, захар и други заболявания, които трябва да контролирате с хапчета

Страничните ефекти на лекарствата също са много лоши и могат да убият хората

Понякога се притеснявате, когато видите медицинските си сметки

Никой няма да си направи труда да се грижи за вас, всички са заети в собствен квадрант

Повечето от вашите приятели също напускат света и приятелите стават излишни

Извършвайте дейностите си във всеки квадрант ефективно и разумно

Със сигурност няма да съжалявате в края на четвърти квадрант.

Огнената сила

Изобретяването на огъня промени хода на човешката цивилизация

Той постави основите на огневата мощ при потушаването на конфликти

Повече имате огневата мощ да потиснете по-слабото животно

По-голяма е вероятността за разширяване и оцеляване

Огнената сила помогна на хората да бъдат най-силните, за да оцелеят и да напредват

Поради масивни горски пожари много животни поеха по пътя на регресия

Хората все още носят огън в сърцата си, положителен и отрицателен

Това се доказва от войните в историята, станали разрушителни

И все пак позитивният огън на сърцата помогна на хората да бъдат градивни

Но за цивилизацията огневата мощ на съвременните технологии може да се окаже решаваща.

Нощ и ден

Всяка вечер, когато плача
Светът остава срамежлив
За утеха, Вселената не се опитва
Болката става пържена
Сърцето е празно и сухо
Самотната муха на чучулигата
Цялата нощ е моя
Сам един ден ще умра
На мъртвия аз хората ще кажат сбогом
И все пак, когато слънцето изгрява, духът е висок
През деня няма време за плач
Няма защо
Само аз трябва да направя и да умра.

Свободна воля и краен резултат

В задръстването имах възможност на воля да мина наляво или надясно

Но всеки път, когато вземах решение, движението ставаше стегнато

Независимо дали наляво, надясно или обратен завой, бъдещото пътуване рядко беше светло

За да преместя всеки един метър, бях принуден от съдбата си да се боря

Със свободна воля двойката, влюбена от десет години, реши да се ожени

Тържествено сватбата с панаир като дестинация плевене

След три месеца всички бяха изненадани да ги видят как се разделят

Младият мъж се качи на полета за чужбина за светло бъдеще с воля

Но дори и след свободна воля и много надежди, при самолетната катастрофа той загина

Има несигурна връзка между свободната воля и крайния резултат

Всеки момент съдбата или принципът на несигурността могат да нападнат.

Квантова вероятност

Вселената е започнала с хаотичен процес на квантови частици

Всичко, което последва впоследствие, беше квантова вероятност

Звездите и другите небесни тела се въртят по правилна орбитална траектория

Но като цяло вселената, галактиките винаги са имали намерение да ръждясват

Ентропията на Вселената трябва да продължи да нараства, за да оцелее

За да се обясни разширяването на Вселената, тъмната енергия е от съществено значение

Мултивселената не е нищо друго освен квантова вероятност без доказателства

Във всяка религиозна философия мултивселената има непоносими корени

Физиката също има различни теории и хипотези относно нашия произход

Простата и крайна истина на реалността досега е илюзорна и никой не е виждал.

Смъртност и безсмъртие

Щастлив съм, че съм смъртен, към света пътешественик на няколко дни

По-щастлив съм, че всички останали са безсмъртни и предоставят услуги

Безсмъртните приятели и роднини ще кажат сбогом, когато си тръгна

Никой никога няма да знае, моите следващи ининги, ако има такива, как ще започна

След седмица всички ще ме забравят, тъй като хората са умни

Те ще бъдат заети в супермаркетите, пълнейки домашните си колички

Дори тогава времето ще тече по същия начин, дни, месеци, години много бързо

Поради безсмъртието те може никога да не се уморят или няма да се разлагат или ръждясват

След сто години някой може да отбележи стогодишнината от смъртта ми

След хиляда години някой може да ме намери в нета, може да каже, че съм бил съвременник

Но реакциите му ще бъдат без всякаква емоция и моментни

Смъртността и безсмъртието вървят ръка за ръка, хората не искат да умират

И все пак до последния ден от живота си, да бъда безсмъртен, никога няма да опитам.

Лудото момиче от кръстопътя

Тя броди по кръстопътя всеки ден, смее се, усмихва се и си говори

Никога не се притеснявах кой идва, кой си отива, изобщо не се интересувах от внимание

Не се притесняваше от мръсната й рокля, лицето без никакъв грим и прашната й коса

Ако усмивката и смехът са признаци на щастие, тя трябва да е щастлива и весела

Тя също трябва да е купчина от протони, неутрони, електрони и други фундаментални частици

Следвайки същите закони на движението, гравитационния електромагнетизъм и квантовата механика

И все пак, тя е различна, може да бъде непокорно поведение на нестабилни електрони

Лекарите не можаха да дадат никакви решения, защо тя е различна и се лекува

Няма реални обяснения за несиметричните поведения на нейното съзнание

Нейното съзнание и излъчвания на неврони отвъд обяснението на квантовата теория

Заради нейното усмихнато лице и щастие хората я съжаляват и съжаляват

Но, независимо от квантовите наблюдатели, тя живее живота си весело.

Атом срещу молекули

Молекулите може да не са основни за създаването на планетата и вселената

Въглеродът, водородът, кислородът, силицийът и азотът направиха Земята разнообразна

Калций, желязо, натрий, калий, всички под формата на молекули се потапят

Вярно е, че без комбинация от атоми не са възможни молекули

Но без да се превърнат в молекули, съществуването на елементи не може да се натрупа

Неутронът може да се разпадне, за да стане протон, а електронът да бъде различен атом

Комбинацията от протони и електрони също се случва на случаен принцип

Протеините и аминокиселините идват под формата на молекули, за да направят живота възможен

Фотосинтезата за осигуряване на храна на животинското царство в атомно състояние е невъзможна

Тъй като молекулите не са нестабилни като атома, за нашето съществуване молекулите са надеждни.

Нека вземем ново решение

Всички реки, езера, морета и океани имат дъно

Дълбочината на всяко водно тяло не е симетрична, а произволна

Хълмовете могат да бъдат високи или ниски, зелени или бели през цялата година

Но за характеристиките на всичко атомите имат значение само

Красотата на природата, или звездите, или жените, всички са купища атоми

Никой не може да види красотата на нищо без излъчване на снимки

Фундаменталните частици и атоми правят всичко различно в комбинация

Човешките същества нямат контрол над нищо в ранното си формиране

Нито хората са направили нищо, за да ускорят или забавят процеса на еволюция

За да направим света по-добър с любов и братство, можем да вземем решение.

Статистика на Ферми-Дирак

В нашия ежедневен живот виждаме много хора без взаимодействие

Статистиката на Ферми-Дирак може да ни даде разумно разбираемо решение

Статистиката е приложима както за класическата, така и за квантовата механика

Всяко човешко същество има различно мислене, нагласи и динамика

Всяка фундаментална частица има собствени начини на термодинамично равновесие

Дори без измерима маса, частиците имат своя импулс

Статистиката на Бозе-Айнщайн също е приложима за идентична, неразличима частица

Целият процес на описване на частиците е сложен и не е прост

В един момент, в безкрайния космос, нашето разбиране се осакатява

Но любознателността на човешкия ум и физиката никога не се пречупват напълно.

Нечовешки манталитет

Хората са станали безчовечни и жестоки

Въпреки че днес няма исторически дуел

Но за убийството на невинни, едно незначително нещо може да даде гориво

Толерантността пада по-бързо от закона за намаляваща възвращаемост

Ако отстоявате истината и справедливостта, следващият куршум може да е вашият ред

За дребни инциденти много градове хората лудо горят

Всеки момент, навсякъде по каквато и да е причина смъртоносното насилие може да се върне

Хората днес са жадни за човешка кръв

Повече хора умират в света при насилие, отколкото при опустошителни наводнения

Жертвата на Исус за човечеството сега е в изчезване, тъй като жестокостта е на върха

С насилие, война, омраза, нетолерантност, скоро тъканта на човечеството ще се разруши.

Бизнес процес

Дали животът е само бизнес процес за максимизиране на производителността и печалбите

Или това е естествен процес, който допринася за еволюцията и прогреса

Сега цялото общество се превръща в място за маркетинг на продукти

Как да заблуждавате хората сега е голямо умение за оцеляване и да бъдете най-силни

Невъзможно е да се продължи напред с истини и простота и честност

Има безкрайна алчност за богатство и да станеш известен с кука или мошеник

За умствено обогатяване никой не желае да прекарва време или да чете книга

На пазара по някакъв начин трябва да продавате услугите или продукта си

От социалната тъкан, взаимоотношенията и ценностите винаги се изваждат

Ако не можете да правите маркетинг и да печелите, нищо в живота не можете да конструирате.

Почивай в мир (RIP)

Когато умра, някой може да напише некролог

Но казването "Почивай в мир" ще бъде основният коментар

Вече никой не ме пита дали съм спокоен или не

Дори най-близките ми приятели също попадат в същата група

Аз също не съм питал никого, относно тяхното спокойствие

След смъртта на моите приятели досега, аз също следвам същите средства

Смъртта вече е много евтина и лишена от емоции за всички нас

Въпреки че е вярно, че един ден всички ще се качат на автобуса

След смъртта мирът и щастието стават без значение

Почивай в мир е съвсем скорошен патент за модерен начин на живот

Хората са твърде заети и нямат време за спокойствие и почивка

След смъртта да кажеш на приятелите си да почива в мир е лесно и най-добре.

Реални ли са душите или въображение?

Съществуването на душите винаги се поставя под съмнение, тъй като няма научно доказателство

Съзнанието на живите същества е реално, но дали е въпрос на провидение?

Хипотезата за душите е дълбоко вкоренена, оцеляла е цивилизация след цивилизация

Душите и тяхната приемственост след смъртта е неразделна част от повечето религии

За да докажем това, въплъщението и пророците са религиозно решение

Въпреки това, тъй като досега не успя да намери липсващата връзка на тялото и душата

Причината за съзнанието от по-висок ред също остава неразказана

В безкрайните галактики изследването на науката е само малка прашинка

На уместните въпроси за душите и съзнанието науката трябва да отговори

В противен случай във времето много хипотези на науката ще ръждясват.

Реални ли са душите или въображение?

Съществуването на душите винаги се поставя под съмнение, тъй като няма научно доказателство

Съзнанието на живите същества е реално, но дали е въпрос на провидение?

Хипотезата за душите е дълбоко вкоренена, оцеляла е цивилизация след цивилизация

Душите и тяхната приемственост след смъртта е неразделна част от повечето религии

За да докажем това, въплъщението и пророците са религиозно решение

Въпреки това, тъй като досега не успя да намери липсващата връзка на тялото и душата

Причината за съзнанието от по-висок ред също остава неразказана

В безкрайните галактики изследването на науката е само малка прашинка

На уместните въпроси за душите и съзнанието науката трябва да оттовори

В противен случай във времето много хипотези на науката ще ръждясват.

Всички души ли са част от един и същ пакет?

Душите на различни живи същества част ли са от един и същи софтуерен пакет?

Всяка душа има квантовото вплитане, но различен багаж

Освен това чрез еволюцията всички живи същества имат екологично робство

Много видове са изчезнали, защото с времето не са напреднали

Хората, самопровъзгласилото се върховно животно, което сега търси тези спасения

И все пак връзката между софтуера и хардуера на живота липсва

Науката, религиите и философията имат свое уникално мислене

Никой не може убедително да докаже, че тяхната хипотеза е правилна

Когато любознателните умове задават трудни въпроси, всички се оттеглят

Що се отнася до връзката на душата и тялото, досега религиите имат по-голямо влияние.

Ядрото

Без ядро нито един атом не може да се образува или да съществува като атом

Фундаменталните частици сами по себе си не могат да се образуват, за да бъдат материя

Нещата във Вселената може да имат хипотеза, която да обясни по-добре

Слънчевата система не може да съществува и да съществува без слънцето

Сателитите също балансират силите, а не за човешка забава

Без централно ядро с огромна енергия, космосът не може да бъде в ред

Независимо дали е Бог или нещо друго, физиката трябва да копае по-нататък

Разстоянията между звездите и галактиките са извън обсега на нашата ракета

Досега да изследваме всеки ъгъл на нашата галактика не е по джоба ни

Въпреки това много хора са готови да излязат в космоса завинаги, купувайки скъп билет

Тази любознателност и стремеж към опознаване на непознатото е цивилизация

С квантовата технология изследването на космоса ще получи инерция

Докато открием окончателното ядро или истината зад свързването на звездите

Нека хората са доволни от своите религиозни вярвания и молитви.

Отвъд физиката

Отвъд странния свят на физиката, светът на биологията

Комбинацията от атоми направи протеиновите молекули

Възникват вирусите и едноклетъчните организми

Информационният носител ДНК стартира процеса на еволюция

Взаимосвързването на физиката и биологията може да даде фундаментално решение

Обратното инженерство чрез генетиката може да покаже как се е появил животът

За всемогъщия Бог може да няма нищо вътре в играта

Отвъд физиката има любов, човечност и майчинство, които дават нов живот

Подобно на комбинацията от протон и електрон, имаме съпруг и съпруга

Мистерията на сътворението ще продължи дори след квантовата механика

Някои физици ще ни дадат нови идеи за съществуване с нови хипотези

Животът ще продължи да се състезава с изкуствения интелект и войните

Човешките същества може да не намерят причината за съществуването си, но ще колонизират звездите.

Наука и религия

Науката никога не се позовава на религиозен текст, за да докаже своите теории

Научните теории и хипотези не се основават на спомени

Религиозен текст в началните етапи на цивилизацията, предаван през поколения

Тези текстове винаги се опитват да получат потвърждение от науката

Ако Бог съществува в друга галактика, религиозният текст не е неговата версия

За да го докажат с потвърждение, религиозните лидери нямат решение

Често те се позовават на стих за храна на парче, за да докажат, че се основава на науката

Но няма математически препратки към основните закони в отбраната

Пророците и религиозните владетели не са изобретатели на научни теории

Приличайте с природата и природните закони са само следствия

Религията и науката могат да бъдат двете страни на монетата, наречена живот

Но когато се стигне до лабораторни или физически тестове, религиите се плъзгат.

Религии и мултивселена

Където и да сте, бъдете щастливи и живейте в мир

Това е мнението на повечето религии за душите

Това означава ли, че религиите знаят за паралелна вселена

Или това е най-лесният начин за уединение за близки и скъпи

Концепцията за няколко вселени е присъща на няколко религии

Но това беше отвъд квантовото заплитане и специфичните резолюции

Дори днешната концепция за паралелна вселена е без посока

Физиката навлиза по-дълбоко в атома и фундаменталните частици

Вместо да станете конкретни, станете философски с пречките

Дори в по-големи размери на Вселената космологичните константи се различават

След това цялата теория или хипотеза започва да бъде съмнителна и страда

Религиите са въпрос на вяра и вярващите никога не искат доказателства

Дори най-научните и рационални умове никога не казват, че гледната точка е глупост.

Бъдещето на науката и мултивселената

Когато хората умират, казват близките, живейте спокойно, където и да сте

Този религиозен възглед е дълбоко вкоренен в обществото и се простира твърде далеч

Хората се успокояват от болката при напускане и се опитват да излекуват белега

Повечето от тези хора не са наясно с квантовото заплитане

Дали мултивселената съществува или не, за тях изобщо не е важно

Като всяко животно, хората също се страхуват да умрат и да напуснат света

Така че концепцията за живот в друга галактика може да се е разгърнала

Възможно е също така нашата цивилизация да е по-стара, отколкото сочат доказателствата

Преди милиони години някои напреднали същества може да са били тук по пътя

Хората от света може да са взаимодействали с тези същества

След като тръгнаха към местоназначението си, хората започнаха да правят молитви

Съществуването на други вселени идваше от уста на уста

В дългосрочен план съществуването на живот в други вселени става стабилно

Физикът вече има хипотеза за мултивселената, за да обясни природата

Ако мултивселената наистина съществува в други галактики, бъдещето на науката ще бъде различно.

медоносни пчели

В света повечето хора живеят като медоносни пчели

Ако погледнете от горното, огромните сгради са дървета

В техните жилищни общности те нямат идентичност

И все пак като пчелите в кошери, всеки живее в дома си солидарно

Те работят и работят за своето потомство, без никаква почивка

Винаги се опитвайте да дадете на децата си това, което смятат за най-добро

Подобно на медоносните пчели, те си почиват само през нощта

Един ден краката им стават слаби за ходене и ръцете за работа

По това време децата им стават възрастни и започват да се люлеят

В старческия дом или убежище тялото на инвалида се заключва

Всички забравиха, едно време, колко много са работили

Подобно на медоносната пчела, те също падат на земята, никой не ги забелязва

Но през по-екологични дни, да се наслаждават на живота, някои хора не можете да убедите.

Същият резултат

Квантовата механика никога не прави разлика между оптимист и песимист

Разликата може да се дължи на квантова вероятност или заплитане

Оптимистът и песимистът са двете страни на една и съща монета в света

Но в ежедневния живот те се разгръщат по различни начини

В играта на крикет и футбол можете да спечелите дори след като сте загубили хвърлянето

С песимизъм човекът може да спечели в дългосрочен план, с благословия на кръста

Оптимизмът не гарантира успех и щастие през целия живот

За много оптимисти в дългосрочен план оптимизмът остава само като реклама

Песимистите умират само веднъж, и то твърде щастливо, без никакво съжаление за провал

Оптимистите умират няколко пъти, след като всяка мечта бъде провалена, бъдете сигурни

За оптимист или песимист единственият начин е да продължи напред и да завърши играта

Въпреки свободната воля, упоритата работа, квантовото заплитане ще даде същия резултат.

Нещо И Нищо

Нещо и нищо, нищо и нещо

Боже, не Бог, не Бог, Боже по-загадъчен от яйце срещу кокошка

Голям взрив или без начало, без край, само разширяване и разширяване

Тъмна енергия или без тъмна енергия, Вселената се разширява или просто мираж

Антиматерията и фундаменталните частици имат собствени роли и пробег

Първи са формулирани законите на физиката или вселената е първа

Също така е сериозен въпрос като нещо и нищо, не трябва да ръждясва

За да познаваме природата и вселената, всеки въпрос трябва да има оттовор

Как да стане интегрирането на физика, биология, химия, математика

Човешките емоции и съзнание също имат различен ход

Несигурно също дали таблицата, теорията на всичко може да се обърне

Между тях религиите имат силата да принудят света да изгори

Дори след секвениране на генома и познаване на квантовото заплитане

Хората са щастливи и доволни да се абонират за религиозно селище

Защото физиката е още далече, за да реши нещо или нищо.

Поезия в най-добрия й вид

Най-добрата научна поезия, писана някога, беше за масата и енергията

Това води пространството, времето, масата и енергията да бъдат обяснени в синергия

Е равно на mc квадрат промени много неща във физиката завинаги

Популярността на каквито и да било закони на науката, като връзката между материята и енергията, е рядка

Дори законите на движението на Нютон остават назад по дял на популярност

Двойствеността материя-енергия унищожи господството на класическата физика

Той отвори непознат свят на квантовата теория и механика

Поезията, която обяснява по-голямата част от нашия видим свят, е уравнението на материята енергия

Теорията на относителността даде решение на много необясними неща

Гравитацията, електромагнитната сила, силните и слабите ядрени сили са невидими

Но приложението им в инженерството направи този модерен свят възможен

В обяснението на философията на природата, поезията и физиката са съвместими.

Побеляване на косата

Сивата коса и старостта не означават знание и мъдрост

Дори в далечния край на живота след осемдесет, много хора живеят в кралството на глупаците

Повечето хора не се учат от опита и миналото

И така, тяхната незрялост и глупост продължават до последния дъх

Наличието на дипломи и богатство не може да направи никого джентълмен

Без ценности и чувства в сърцето си можеш да станеш само търговец

Знанието и мъдростта с ценности ще ви направят вътрешно добри

Дори с най-бедните от бедните не можете да се държите грубо

Честните хора, основани на ценности, сега са по-необходими в обществото

Не ни трябват професионалисти и образовани с корумпиран манталитет.

Нестабилен човек

Повечето хора са нестабилни и имат психически проблеми

Невъзпитаното поведение на младите мъже, електроните може да имат представа

Физиката може да ни обясни защо небето не е истинско, а изглежда синьо

Дори и сега лекарствата не могат да лекуват бързо, настинки и сезонен грип

Защо някои вируси все още са непобедими, нито физиката, нито лекарите имат оттовор

Перфектното прогнозиране на времето и валежите е много ограничено и рядко

В човешкия живот мозъкът излъчва милиарди неутрони за проявяване на емоции

Но по какъв начин ще се представи, никой физик не може да даде правилна прогноза

Квантовата вероятност за всеки бъдещ момент е неограничена

Всеки момент, при всяка катастрофа, най-добрият лекар може да бъде убит.

Нека поезията бъде проста като физиката

Защо поезията не може да бъде толкова проста, колкото математиката и физиката

Истината винаги е проста, ясна и не се нуждае от трудни думи

Не е нужно поезията да е твърда отвъд разбирането на обикновения човек

Не само елитните класи трябва да знаят за вътрешните изражения

Подобно на законите на планетарните движения, поезията трябва да е проста и красива

Поезията трябва да е в състояние да вдъхне по-добри човешки ценности, за да направи живота весел

Законите на Нютон са толкова ясни и лесни за разбиране

Всички движения на планетите, по прост начин, можем да разкажем наоколо

Е равно на mc квадрат обяснява двойствеността на енергията на материята без сложност

Физиката и поезията могат лесно да вървят в тандем, за да направят живота по-добър

Трудни думи и само с вътрешен смисъл, поезията няма да стане по-силна

Няма определение за поезия, тя е граница, по-малко като галактиките отвъд Млечния път

Една проста поезия може лесно да каже за математиката и физиката.

Макс Планк Великият

Квантовата механика се развива веднага след създаването на Вселената

Поведението на фундаменталните частици е нестабилно, случайно и разнообразно

Бързо, електронът, протонът, неутронът, фотонът възникнаха навреме

Никой не знае откъде идва необходимата първоначална искра и сила

В продължение на милиарди години подредената сингулярност се премести в хаос, увеличавайки ентропията

Дали вселената, материята и енергията са нов прототип на старо копие?

Макс Планк открива квантовата теория, след като хомо сапиенс идва на земята

Съвременната физика и квантовата механика, неговото откритие роди

Въпреки че хората са дошли на света чрез процес на еволюция

Електрон, протон, неутрон никога не са преминавали през еволюция, физиката няма решение

Все още твърде много липсващи звена в обяснението откъде идва енергията от материята

В създаването на вселената физиката и еволюцията не са единствената игра.

Значение на наблюдателя

Някога светът е бил управляван от динозаври и други влечуги

Поради еволюцията и естествения подбор някои започнаха да летят

Умните и летаргични видове останаха в океана и моретата

По време на златното правило на динозаврите земята се движи около слънцето

Слънчогледът познава изгрева и залеза и съответно се обръща

Никое живо същество не се притесняваше от въртенето и революцията на земята

Дори и в навигацията, прелетните птици бяха точни и много умни

В продължение на хиляди години дори хомо сапиенс не е познавал революция

Докато интелигентният Галилей не даде на света умопомрачителна радикална постулация

Животните не се противопоставиха на теорията за въртене и революция

Но колегите хомо сапиенс се противопоставиха решително на Галилей и неговата теория

Галилей беше вкаран в затвора, защото мислеше различно и против вековните вярвания

Но като предвестник на истината, той потвърждава теорията си и се опитва да се съпротивлява

Неговите думи „въпреки това се движи" показват важността на наблюдателя

Само наблюдатели със знания и въображение могат да променят света завинаги

Относителността съществува от началото на нашата слънчева система

Айнщайн направи наблюдението и го постави като нов елемент във физиката

Значението на наблюдателя сега се доказва чрез квантовото заплитане

Но реалността е непрекъсната прекъсваемост и дори вселената не е постоянна.

Ние не знаем

Смъртта колапс на вълновите функции на човешкото същество ли е?

Купчината от протони, неутрони и електрони се нуждае от време, за да се разпадне

Продължава ли квантовото заплитане на фундаменталните частици в гроба?

Нямаме отговори в квантовата теория на полето или квантовата механика

Единствената надежда е да изчакаме, докато теорията на всичко го обясни

Дори тогава никой не знае дали под гроба ще се побере

Във времето ще идват и ще си отиват нови теории, хипотези

Напредъкът на технологиите вече никога няма да стане бавен

С всяка теория и хипотеза винаги ще носи нов блясък

И все пак отговорите на някои въпроси, според науката и философията, ние не знаем.

Какво се очертава

Съзнанието, квантовото заплитане и паралелната вселена се появяват

Големият взрив като начало от нищото бавно се деградира

Тъмната енергия, черната дупка и антиматерията без заключение вибрира

Струнната теория и границите на Вселената и пътуването във времето все още будят объркване

Свързването на изкуствения интелект и човешкия мозък е интересно

Божията частица не става всемогъща, както си мислим

Всеки момент може да избухне ядрена война и човешката цивилизация да потъне

С квантовата физика любовта, омразата, егото и биологичната нужда нямат връзка

Ще отнеме още няколко хиляди години, за да стане равенството между половете и небето розово

Никой не се занимаваше с околна среда, екология и вижте им намигване

Неморалността на човека може напълно да промени екосистемата на живите същества

Но човешкият живот ще продължи с алчност, его, ревност и самочувствие

Гравитацията, ядрените сили, електромагнетизмът ще останат фундаментални

За да запазим човешкото общество заедно, любовта, сексът и Бог ще останат инструментални

Напредъкът на науката и технологиите за достигане на екзопланета ще бъде експоненциален.

Етер

Баща ни каза, че са учили етер в училище и в колежа

За етера той имаше много информация и дълбоки познания

Етерът играе важна роля в обяснението на разпространението на светлината и вълните

Предполагаше се, че етерът е безтегловен и неоткриваем по природа

Но теорията на относителността и други теории обричат бъдещето си

Хипотезата за етера изчезна от учебниците ни

За нашите книги по физика баща ни имаше изненадващ вид

Сега имаме тъмна материя и тъмна енергия, като етерът е стара история

След сто години тъмната енергия и черната дупка може да имат същата история

Физиката също се развива, подобно на еволюцията на живота в естествения свят

Някой ден на нашите пра-внуци като история ще бъде разказана днешната физика.

Независимостта не е абсолютна

Независимостта не е абсолютна, тя е относителна, ограничена от обществото, нацията

Абсолютната независимост не е желателна и може да доведе до хаос и разрушение

Свободната воля също е ограничена от природните сили и квантовата вероятност

Да се случи акт със свободна воля, можем само да се надяваме, тъй като има възможност

Дори и с малка вероятност вълновото уравнение може да се срине до отрицателно

Това е така, защото всичко в природата не е с еднакъв аршин

Нашите надежди са сложни емоции със съзнание и неврони

Вълновите функции могат да се сринат поради екологични ограничения

Това не означава, че нашите свободни никога няма да видят фотоните под формата на светлина

Понякога резултатът или плодът стават много вълнуващи и твърде ярки

Тъй като резултатът или плодът е продукт на времето в бъдещето на името на домейна

Нашата цел и задължение са да действаме най-добре със свободна воля, оставяйки почивката на природата.

Принудителна еволюция, какво ще се случи?

Еволюцията се движи напред от вируси към амеба до динозаври и други видове

Могъщият динозавър изчезна, но много видове оцеляха и продължиха напред

В дългосрочен план се появи хомо сапиенс и майката земя получи най-добрата награда

Въпреки че има липсващи връзки от морето до брега и летенето във въздуха, маймуната към човека

Еволюцията беше чрез естествен подбор за оцеляване, за да се създадат хора в райската градина

Никоя еволюция не започва с по-висок ред и се движи назад, разстройството на мисълта се увеличава

Това е така, защото ентропията на Вселената никога не намалява във времето

Времето може да е илюзия и има тънка разлика между минало, настояще и бъдеще

Но да ставаш по-добър и да вървиш напред е присъщо свойство и култура на природата

В човешката цивилизация също огънят и колелото се появяват преди откриването на земеделието

В продължение на милиони години раждането и смъртта са част от всички живи същества, слаби или силни

Само някои дървета, костенурки и китове са живели удобно дълго

Сега учените казаха, че безсмъртието ще бъде само за хомо сапиенс, но не и за останалите

Никой не знае какво ще се случи в безсмъртното царство с нашите животински братя

Ще скърбят ли някога безсмъртните мъже за своите вече мъртви майки и бащи?

Умри млад

Сто и двадесет години, дадени на човека от природата, са оптимални

Това дълголетие е дошло чрез процеса на естествен подбор

Изкуственото увеличаване на продължителността на живота на човека може да доведе до разреждане на естествения процес

Никой не може да каже твърдо, че няма да има екологично унищожение

Концентриране само върху хомо сапиенс, игнориране на другите, глупаво въображение

Сто и двадесетте години са достатъчни, за да изследваме сегашния свят

На тази възраст за човек, живеещ на планетата Земя, нищо не остава неразказано

Той ще постигне своята мисия, цели и ще достигне етапа на себеактуализация

За него, а не купуването на потребителски стоки, важен ще бъде спиритизмът

Аз съм баланс на тялото и ума, заминаването на близки и скъпи ще тласне към скептицизъм

Сега светът е малко място за пътуване и туризъм, за да прекарате времето си

Когато хората са развили селище извън слънчевата система, повече възраст може да е добре

Относителността по време на пътуване до екзопланета може да ги поддържа физически млади

За да се установи на ново място на милиони светлинни години, умът също ще остане силен

Дотогава по-добре, обичайте, усмихвайте се, играйте, спасявайте околната среда и умрете млади.

Детерминизъм, произволност и свободна воля

Поех по пътя на изстрела на кръстовището със свободна воля

Но дърветата падат върху колата ми поради случайността на бурята

Престоят ми в болницата за една седмица беше ли предварително определен?

Имах възможност да продължа до дестинацията по магистралата

Кой и защо пътуването ми беше спряно без причина по средата?

В ежедневието много пъти се бъркаме защо взех това решение

Ако бях поел по друг път, животът щеше да е в по-добро състояние

Поради произволността на ума ние се избутахме до позиция, която може да се избегне

Свободната воля също не винаги ни дава най-добрия наличен път без разсейване

Дори със свободна воля, принципът на несигурността на Хайзенберг е единственото решение?

Познаване по физика или никакво, нещата стават както са станали

Най-добрият шофьор на кола, понякога се среща с необичайна автомобилна катастрофа и умира

За да спаси майката и новороденото, при цезарово сечение, гинекологът винаги се е опитвал

Но случайно техните усилия и опит не са работили за някого Причините за смъртта на здравата майка не могат да бъдат обяснени от никого.

проблеми

Проблемите съществуват навсякъде, в себе си, семейството, местността, града, щата, страната, света и вселената

Понякога двама души не могат да живеят заедно, различията не могат да разрешат

Понякога в общо семейство с твърде много хора, трудният проблем също може да бъде решен

Малка държава с по-малко от един милион се бие години наред за раздяла, убивайки хиляди

Голяма държава с милиардно население, разрешава конфликти и продължава напред, премахвайки пречките

Всеки ден се сблъскваме с милиони вируси и бактерии, но въпреки това живеем с този проблем

Унищожаването на екологията и околната среда поставя живота ни в допълнителна тежест

И все пак ние приемаме промените, стремежът ни да разрешим проблема не е внезапен

Механизмът за разрешаване на конфликти в човешката ДНК и цивилизацията е много уместен

Изненадващо по въпроса за войната, егото на човешкия ум прави конфликтите постоянни

Семействата се разпаднаха, братството се изпари, алчността расте главоломно

Но като нация хората все още показват задружност и невидима обвързаност

Квантовото заплитане се проявява по време на природни бедствия между врагове

Враждебните нации във войни позволяват да работят заедно за човечеството, техните бойни армии

Разрешаването на конфликти е лесно, при условие че лидерите използват собствените си сърца, а не манекени.

Животът се нуждае от малки частици

Животът не е възможен без фотони на безтегловни частици

Животът е невъзможен без отрицателно заредени електрони

Въглерод, водород, кислород и твърде много елементи, необходими за живота

Без еволюция и биоразнообразие човешкият живот на земята не може да съществува

Околна среда, екология, биоразнообразие - всички те са крехки и като кошер

Хомо сапиенс се е смятал за царя на слънчевата система

Забравяме, че като всички други живи същества, нашето съществуване също е случайно

Твърде много променливи могат да дерайлират нашата количка с ябълки, преди да сме го осъзнали

Точното предвиждане на импулса и позицията е невъзможно да се постигне

Неочаквани и неизвестни неща могат да се случат без човешко желание

Дори миналото и бъдещето на нашия живот са извън нашия контрол

Животът на земята е по-променлив от бензина и патрула

Любов, братство, щастие, радост можем лесно да направим или разбием

За да направим света красиво и райско място, трябва да понесем малко болка

В противен случай като динозавър, от този свят, ще бъдем принудени да опаковаме багажа.

Болка и удоволствие

Удоволствието и болката са два неразделни компонента на живота

Относителността и преплитането работят във всяка област на съществуване

Болката в тялото може да се изрази чрез изражението на лицето

Освен това душевната болка може да се отрази в тялото, дори ако се крием

Взаимоотношенията между ума и тялото са толкова съвършено заплетени, че животът може да се управлява

Няма съществуване на ума без физическото тяло на материята

Но без ум купчината атоми не може да направи нищо по-добро

Уравнението за енергията на материята е много просто, но трудно за изпълнение

Заплитането на ума и тялото може също да бъде различна вълнова форма

Нашата проява чрез преплитане на ума и тялото също е произволна

Природата знае простия начин за превръщане на материята в енергия и обратно

Ето защо звездите, галактиките, Вселената и всички ние съществуваме на планетата

Механизмите за превръщане на материята в енергия и обратното са присъщи на живите същества

Когато човешката цивилизация стане в състояние да открие този прост трик

Хлорофилът за фотосинтезата ще бъде част от нашата генетична тухла.

Теория на физиката

Бедните и богатите, имащите и нямащите

Законите на физиката важат еднакво за всички

За всяко живо същество ябълките винаги ще падат

Въпреки че ябълковите дървета могат да бъдат ниски или високи

Гравитацията е еднаква за всички игри, независимо дали крикет или футбол

Красотата на физиката е, че тя никога не дискриминира

Не като върховенството на закона, което винаги се опитва да прави разлика

Природата е проста, така също и законите на природата, физиката само обяснява

Основната логика е колко просто човешкият мозък може да разбере

За да разберем който и да е закон на природата, трябва да тренираме мозъка си

Повечето от хипотезите на физиката са извлечени първо чрез изчисления

Така че за някои природни явления можем да имаме лесни обяснения

Теории, когато са тествани с експерименти и са доказани като грешни

Те са били изхвърляни от човешката цивилизация през цялото време

Истинските теории издържаха теста на експериментите и станаха силни.

Каквото се е случило, се е случило

Независимо от нашата свободна воля, нещата се случват по различен начин

Каквото и да се е случило, нямаме избор да го обърнем

Нещата или инцидентите се случват, когато трябва да се случат

Нямаме алтернатива, освен да приемем реалността

Досега технологиите не могат да ни върнат в миналото

Физиката казва, че няма разлика между минало, настояще и бъдеще

И в трите области времето има еднакви характеристики и природа

Но нашият мозък е свързан със скоростта на светлината в хоризонта на събитията

Илюзията, наречена време, може да определи само моментната ни позиция

Това също може да е причината, поради която много религии смятат, че животът е илюзия

Нито класическата механика, нито квантовата механика имат обяснение

Защо двама души с еднакъв ДНК код имат различни емоционални изрази

Ако времето е илюзия и ние живеем в триизмерна холограма

Тогава как и кой е направил такова голямо програмиране е въпросът

Но реалността е, че за да принудим свободната си воля да се случи, нямаме решение.

Защо емоциите са симетрични?

Бедни или богати, успешни или неуспешни всички са купища фундаментални частици

Атомите в тялото на могъщите крале не се различаваха от неговите поданици

Емоциите носят една и съща радост, щастие и сълзи, независимо от расите

Когато Исус беше разпнат, болката на тялото му не се различаваше от другите

Никой не знае, в името на религията, нацията, защо убиваме другите

Дори емоциите при животните също са от същия модел и симетрични

Когато хората ги убиват за удоволствие, емоцията на човека не е интелектуална

Човекът никога не е мислил, че всичко във Вселената е направено от един и същи материал

Ето защо разпъването на Исус е важно, а не периферно за цивилизацията

За да съществува човешкият живот, емоции като любов, омраза, гняв трябва да бъдат рационални

Когато забравяме за симетрията на живота и не изпитваме чужда болка

Жертвата на Исус ще бъде напразна и животът ни ще бъде луд

Моралът, етиката, човечеството ще рухнат, ако частиците станат асиметрични

Всички теории на физиката, философията и науката ще бъдат хипотетични

За съществуването на живите същества в този свят е от съществено значение не сходството, а симетрията.

И в дълбокия мрак ние продължаваме напред

Когато вляза в дълбокия мрак на живота

Опитвам се да засиля хватката си

Пътят е твърде хлъзгав за движение

Пръчката ми е по-важна от молитвите ми

И все пак молитвите показват пътя като светулка

Всяка вечер се опитвам да продължа напред

Нощите никога няма да станат ден

Това е законът на природата

В тъмнината трябва да отида по-нататък

Страхът от нараняване при падане е естествен

Да скочиш от скалата до края на пътуването е ненормално

Ние сме роби на генетичния код и инстинкта

Да продължиш и да живееш дори в тъмнината е основно

И така, продължавам напред и напред, не знам дестинацията си

Но да останеш статичен в дълбока тъмнина не е решение.

Играта на съществуването

Динамичното равновесие между наблюдателя и фундаменталните частици е важно

За животните от по-нисък ред, без зрение и сексуално размножаване, съществува различна вселена

Те не осъзнават разнообразната красота на красивия свят, въпреки че имат сетивен механизъм

За света и галактиките живите същества от по-нисък ред може да имат различни предположения

Но те също са наблюдатели във Вселената, експериментът с двоен прорез го доказва несъмнено

Дори сред хората със слепота, те ще имат различно възприятие за света

Само с тяхното собствено въображение и слушане на другите, вселената ще се разгърне

Глухите без слухови апарати в стари времена може би са си помислили, светът мълчи

Историята за посещението на слона от шестима слепци не е просто история, а много уместна

Всичко във видимия и невидимия свят е странно свързано чрез квантово заплитане

За мен вселената не съществува, след като умра, за нашите предци вселената вече не съществува

Наблюдението също е двупосочен процес за съществуване на пространство, време, материя и енергия

Без мен, за мен, дали Вселената се разширява или свива дори не е следствие

Колкото и малък да съм, Вселената също може да ме наблюдава, докато съществувам в нейната област

След моето заминаване, дали Вселената съществува за мен, или аз съществувам за Вселената, е едно и също.

Естествен подбор и еволюция

Естественият подбор и еволюцията са винаги за оптимизиране и постигане на най-доброто

Но след еволюцията на хомо сапиенс изглежда природата си взема дълга почивка

Технологиите за разрушаване и изграждане са проектирани и разработени от мъже

Сега имаме генетично модифицирана храна, за да премахнем глада, но птичият грип ни принуди да заколим кокошката си

Ядрената технология е за доставяне на енергия, а също и за унищожаване на света

Никой не може да гарантира, че един ден ядреният бутон няма да се развие

Природата лесно би могла да направи човешката глава симетрична, с четири очи и четири ръце

Тогава ударът в гърба на Брут, завинаги от човешката цивилизация, щеше да си отиде

Може би една глава с две очи и две ръце е най-високото оптимално ниво на природата

По-нататъшното развитие на физиологичната структура на човека не се поддържа от природата

Дали генните инженери и изкуственият интелект трябва да го направят или не, вече е етичен въпрос

Но ако държим котката на Шрьодингер в кутията, как човечеството ще намери логично решение?

Код на физиката и ДНК

Как физиката и квантовата механика ще обяснят морала и етиката

Те са важни в човешкия живот и изразяването на емоции е основно

Без морал, етика, честност, братска цивилизация не е възможна

Човешкият живот в произволна квантова орбита ще бъде катастрофален и ужасен

Могъществото ще бъде правилно и да се спре убийството на хора, просто със закон, ще бъде невъзможно

Човешкият живот е по-сложен, отколкото можем да предположим и обясним чрез биологията

В нито едно писание не е налична история, как сме станали хора от маймуна, с хронология

Все пак сме в неведение да измислим превантивни и лечебни лекарства за рак

Могат ли генетиката и изкуственият интелект да премахнат завинаги всички болести от света?

Докато се придвижваме към истината за реалността все повече и повече въпроси, отколкото оттовори

Несигурността на живота е записала кода на страха и суеверието в нашето ДНК

Причина за раждане и смърт, в научните теории, няма доказано решение

По отношение на свръхестествената сила принципът на несигурността по-скоро укрепва убеждението

Няма алтернатива да гребем с нашите вярвания заедно с теориите на физиката

Без доказано Божие уравнение за промяна на ДНК кода, религията ще продължи да процъфтява.

Какво е реалност?

Дали реалността е само материален свят, който можем да видим и почувстваме с нашите органи?

Или това е просто илюзия (мая), както се обяснява от религиите

Дали квантовата физика и фундаменталните частици са действителните играчи в позиция?

Тогава какво да кажем за нашето съзнание и другите човешки емоции

Физиката също казва, че в квантовата вселена ние сме реални само локално;

Целта на живота, съзнанието, душата и Бог все още са извън обхвата на физиката

Нашият опит и учения на цивилизацията винаги развиват нашата етика

Реалността е динамична и различна за едно дете, млад и умиращ човек

Все пак любовта, омразата, ревността, егото и други емоции са генетичен код

Всички тези качества и инстинкти, учения и опит също не могат да изчезнат

Реалността също идва в пакети като дискретните квантови частици

Без съзнание, прекъсване, животът в света е невъзможен

Ако реалността е илюзия, живеем ли в свят на холограма, създаден от някого

Науката също сега казва, че тази концепция за реалността не е пълен абсурд

Докато не потвърдим за паралелната вселена, нека живеем тук с любов, братство и съпричастност.

Противоположни сили

Да бъдеш щастлив всеки ден е целта на човешкия живот

Или само за комфорт и намаляване на болката трябва да се стремим

Животът по-дълъг и натрупването на богатство служи ли за всички цели

Или търсене на красотата и истината, които всеки човек трябва да предложи

На нито едно от всички тези неща човешките същества не могат да се противопоставят

Дори ако се отречем от материалния живот и станем монаси

Болка, болести и страдания могат да дойдат и да принудят да клаксон

Монахът и просветените проповедници също имат глад

Хората отново се връщат към нормалния живот, казвайки, че отказът е бил грешка

Никъде на земята няма дъжд без облаци и гръмотевици

Един от основните инстинкти на природата е да улеснява разнообразието

Без разнообразие човешките същества също не могат да очакват просперитет

С протона и неутрона електроните също трябва да бъдат солидарни

Всички човешки емоции също не могат да съществуват без симетрия

Животът в човешкото тяло е мистериозен и безплатен.

Измерване на времето

Времето е само илюзия и затова се нарича пространствено-времева област, за да го знаем е важно

Съществуването на настоящия момент е много номинално, зависи от измерването

Измерването може да бъде секунда, микросекунда, наносекунда или повече

Миналото, настоящето и бъдещето ще се припокриват, за да бъдат разбрани от днешния човешки мозък

Във физиката няма разлика между миналото, настоящето и бъдещето и скоростта е важна

Времето може да е свойство на природата за термодинамичен баланс чрез ентропия

Или процес на проявление на разпад и смърт чрез колапс на вълновата функция

Нямаше време за слънчевата система, преди планетите да започнат да се въртят около слънцето

Нито материята, нито енергията, нито фундаменталната частица, нито вълната, но времето е истинското забавление

Подобно на емоциите и основните инстинкти на живите същества, времето е илюзорно, но изглежда, че времето винаги тече

Пространството, времето, гравитацията, ядрените сили и електромагнетизмът са толкова перфектно смесени

Отделянето на времето във физическа област от други природни свойства е невъзможно

Днешната система за измерване на времето е само таблица, създадена от човека

Дори относителността ще бъде относителност спрямо паралелните вселени, ако наистина съществува физически

Разбирането на мозъка и измерването на времето могат да бъдат напълно различни.

Не копирайте, изпратете своя собствена теза

Бързото, настоящето и бъдещето са обединени в момента на раждането като атом

След раждането животът незабавно става случаен като орбитиращ нестабилен електрон

Докато животът продължава, той става като дъгов балон, излъчващ различни цветове

Освен това бавно се придвижва към долината на смъртта, като победен военнопленник

Отново миналото, настоящето и бъдещето се обединяват и животът приключва като пионер

Наблюдателят трябва да съществува, за да наблюдава света, тъй като след смъртта няма смисъл на материя-енергия, пространство-време.

Да направиш живота жизнен и значим от единен момент до единен момент е първостепенно

Всичко несъществено и без значение, щом наблюдателят си тръгне

Болката, удоволствията, егото, щастието, парите, богатството ще изчезнат и ще бъдат разкъсани

Важна е точка до точка, от живота любовта, щастието, радостта и веселието не се отделят

Ако животът е само вибрация, както се обяснява от теорията на ужилването, някой може да свири на китара

Една и съща мелодия със сигурност, вечният музикант няма да ни свири вечно

Танцувайте на мелодията възможно най-съвършено и се наслаждавайте, докато съществувате

Естественият поток от събития, който никой танцьор не може да избегне, или резултатът от който можем да устоим

Следвайте своя собствен икигай и се насладете на мелодията и накрая изпратете вашата прекрасна теза.

Целта на живота не е монолит

В случайността и безцелното съществуване на фундаменталните частици

Не е много лесно или просто да откриеш собствената си цел на живот и опит

Всеки момент, когато се опитваме да продължим напред, има вътрешна и външна съпротива

Умът ще се движи произволно като електрон, гравитацията ще тегли във всяко движение

За да задоволим биологичните си нужди, ние ще бъдем заети с храна, дрехи и подслон, придобивайки задачи

Добре, че дедите ни са изобретили огън, колело, земеделие, без да пазят авторски права

Иначе прогресът, цивилизацията нямаше да е разнообразна и пъстра, а водонепроницаема

Дори по време на старите цивилизации някои хора са се притеснявали за целта на живота извън физическите нужди

И така, за обществото и човечеството, те постулират хипотези, философии, за да балансират човешката алчност

Но досега, освен живота, науката и философията не успяха да определят каква е целта на човешката порода

За много от нас целта на живота е да търсим красотата и истината, за да намерим собствената си цел

Нашето съществуване може да е илюзия без никаква причина, но нашата собствена история, красиво можем да съставим

В крайна сметка, независимо дали можем да намерим целта си или не, трябва да се подчиняваме на закона на смъртта

По-добре бъдете щастливи и се наслаждавайте на живота с любов, милосърдие и пътувайте по света със собствената си вяра

Никой човек не е остров, човешкият живот се развива чрез непрекъсната еволюция, целта не е монолитна.

Дърветата имат ли цел?

Има ли някаква цел едно самостоятелно дърво, присъщо с по-ниско съзнание?

Нито може да се движи, нито може да говори, няма емоции като любов, его или омраза

Необходима е само храна, за да живеем, тъй като суровините въздух, вода и слънчева светлина се получават безплатно

Приготвя собствена храна чрез хлорофил чрез фотосинтеза и стои като дърво

Без егоизъм, освен инстинкта за живот и възпроизвеждане на потомство за бъдещето

Но в екосистемата дърветата като цяло имат много по-голяма цел за други животни

Птиците и дори насекомите могат да имат по-високо съзнание от дърветата

И все пак без дървета птиците нямат храна или подслон или така необходимия кислород за дишане.

Животно от по-висок порядък, слон, с голямо струпване на атоми не може да оцелее без джунгли

Като цяло, за съвместен живот, около дървета, за оцеляване позволяват други структури на живи същества

Ние, хомо сапиенс, с най-високо ниво на съзнание сме еднакво зависими от дървото

Но нашето съзнание ни позволява, че като върховно животно сме свободни да сечем дървета

С интелигентност и технология ние сме способни да създадем наши собствени екосистеми

Бетонни джунгли с кислородни салони, винаги предпочитани и по-добри убежища

В еволюцията дърветата са дошли преди нас и ако имаме цел, в този въпрос дърветата не са непознати.

Старото ще остане злато

Огънят, колелото и електричеството, откритията, променили човешката цивилизация, все още са най-важни

За по-добро качество на живот и прогрес на науката, технологиите и цивилизацията те са всемогъщи

За съвременната цивилизация те все още са като кислород и вода, без които животът не може да съществува

Триединството на съвременната цивилизация, независимо от новите технологии, винаги ще съществува

Без електричество съвременните нужди, компютърът и смартфонът също ще загинат

Цивилизацията също следва пътя на еволюцията, най-важното е открито първо

Но тяхното значение става невидимо като въздуха за хората, въпреки че не могат да ръждясват

Усещаме значението на огъня, когато газовата бутилка за готвене е празна и няма огън

Когато колелото на самолета не излезе по време на кацане, напрежението, което чувстваме, е рядко

Без електричество целият свят ще спре, без никаква комуникация за споделяне

Старото е злато, приложимо за много повече открития и изобретения, неважни за нашия ум сега

Но помислете за антибиотиците и анестезията, без които днешното ни здраве би могло да се оправи

Компютърът и смартфоните сега са на върха на популярността и усещането за импотентност

Но те не са крайното и най-доброто решение за цивилизацията и човечеството

Нещо ново и уникално, джаджи и технологии, рано или късно учените ще открият.

Предизвикателство за бъдещето

Историята на цивилизацията е пълна с войни, разрушения и убийства на хора

Но преодолявайки всички ситуации, създадени от човека, цивилизацията не е спряла

Природното бедствие унищожи много процъфтяващи цивилизации в миналото

И все пак инерцията за напредък и търсене на по-добро качество на живот продължава и продължава

Имаше лоши царе, които избиха милиони, а също и мъдри като цар Соломон

Всички открития и изобретения се правят от хора, които мислят извън черната кутия

Един ден човешкото същество стана способно да изкорени много смъртоносни болести като едра шарка

Науката за съвременната физика започва с въображението на Галилей и Нютон

Въображението е важно от знанието, каза Айнщайн на човечеството, че е уместно

За да изучават вселената, с въображение, учените показват своя ангажимент

Целият нов свят на квантовата физика се появи като красива поема, обясняваща реалността

Квантовата механика също отвори пред човешката цивилизация безброй възможности

И все пак имаме повече въпроси, отколкото отговори за времето, пространството и гравитацията

Нови хора измислят нови хипотези, теории и извършват нови експерименти, за да опознаят природата

В същото време балансирането на екологията, околната среда и биоразнообразието е голямо предизвикателство за бъдещето.

Красота и относителност

Светът е красив с океани, планини, реки, водопади и други

Дърветата, птиците, пеперудите, цветята, котето, кученцата, дъгата са в магазина на природата

Но красотата не е абсолютна, а зависи от наблюдателя, който наблюдава природата

Чувствата за красота се променят от поколение на поколение и култура в култура

И затова красотата е относителна и най-важното е, че трябва да има наблюдател

Без наблюдател със съзнание и око за виждане и мозък за усещане красотата няма значение

И за човека неизследваната и невиждана красота под океаните няма никакво значение

Да се наслаждаваш на красотата на природата е индивидуален избор и дори една жена може да е по-красива за някого

Това не означава, че мъжките хомо сапиенс не са никак красиви

Определението за красота за мъже и жени е от различно количество.

Динамично равновесие

Отне милиони години на майката Земя да достигне динамично равновесие

От началото на земята и еволюцията природата се движи като махало

Когато световният климат достигна състоянието на динамично равновесие и продължи напред

Процесът на еволюция създаде интелигентни животни, наречени хора

Хората започнаха собствена концепция за прогрес и просперитет

Природният пейзаж, околната среда причудливо те направиха мръсни

Хълмовете бяха изсечени до равнини; водните басейни се превърнаха в жилищен дом

Горите бяха превърнати в пустини, изсичайки дървета и растения

Реки блокирани, за да се превърнат в големи езера, потапящи растителност

Динамичното равновесие на водния цикъл започва разграждане

Глобалното затопляне сега тласка климата към нестабилна промяна

Замърсяването, причинено от самите хора, сега не е в техния диапазон на толерантност

Наводнения, топене на ледници, студени бури сега създават хаос

За да се възстанови динамичното равновесие, новата технология homo sapiens трябва да се отключи.

Никой не може да ме спре

Никой не може да ме спре, никой не може да ме разсее

Духът ми е несломим, нагласата ми е позитивна

Нито небето, нито хоризонтът са ограничаващ фактор

Аз самият съм актьор на моя филм, а също и режисьор

Препятствията идват и си отиват като деня и нощта

Но никога не съм приемал поражението в нито една битка на живота

Понякога на ринга позицията ми беше тясна

И все пак отскочих с цялата си сила и сила

Хора, които някога ми се смееха като луда и луда

Опитвам се да си изкарвам ежедневния хляб и масло дори и сега зает

Ако се вслушах в забележките им и бях приел поражението

Днес, падайки върху кал, бих казал, че това е моята съдба.

Никога не съм се опитвал да постигна съвършенство, но се опитвах да се подобря

Никога не съм се опитвал да бъда перфектен във всеки въпрос или мое творение

Съвършенството не е дестинация, а непрекъснат процес

Никой не е в състояние да направи една роза по-добра от естествената

Природата също е на път към съвършенство чрез еволюция

Дори след милиарди години природата все още се движи към по-добро;

Когато се концентрираме само върху съвършенството, движението ни се забавя

Фокусираме се само върху бижуто в ръка и го полираме до перфектна корона

Пропуснахме много неща в живота, а също и разнообразната гора по време на пътуването

Търсенето на съвършенство прави визията ни стеснена и живота ни ограничава над турнира

Практикувайте, за да се справите по-добре, това ще доведе до съвършенство без ограничения;

Направете сравнителен анализ за по-добър от най-добрия, а не като абсолютен

Промяната се случва всеки момент без никакво загатване или ода

Законът и импулсът на природата е да променим и направим утрешния ден по-добър

Ако постигнем съвършенство, нашето пътуване в търсене на истината и красотата ще приключи

Животът няма да има смисъл, така че и Вселената ще бъде от различен вид.

Учителят

Заплитането на учител и ученик е като квантовото заплитане

Връзката на ученик с добър учител е постоянна

Уважението идва от личността и качественото преподаване на учителя

Това, което научим от добър учител, остава завинаги в ума и сърцето ни

В деня на учителя всички наши любими и прекрасни учители си спомняме

Уважението към учителя не може да бъде наложено или натрапено на ученик

Характерът, поведението и качеството на преподаване са по-важни

Когато учителят стане приятел, нуждаещ се от емоционален и личен проблем

За ученика, за цял живот, учителят остава като емблема

Любовта и уважението са двупосочен процес, той трябва да съществува във всеки учител.

Илюзорно съвършенство

Съвършенството е трудно преследване, илюзия и мираж

Не преследвайте пеперудата и не повреждайте крилете й

Да направиш днес по-добре от вчера е лесният подход

Достигате желаното от вас ниво на съвършенство с времето

Практиката води към съвършенство, инч по инч

Също така е важно да играете със семейството на плажа

Това ще премахне вашите паяжини и ще ви помогне да практикувате повече

Един ден намирате красиви пеперуди, летящи на пясъчния бряг

Създаването на нови неща със съвършенство ще бъде вашето ядро

Хората ще оценят вашите резултати, ще стоят на вратата ви.

Придържайте се към основните си ценности

Винаги се придържам към принципите и основните си ценности

Така че не съжалявам за това, което съм пропуснал или спечелил

Истината и честността, дори и в най-лошата ситуация, никога не съм изоставял

Заради ангажимента предпочетох да фалирам

Вместо да заблуждавате другите чрез измамни средства

Моите финансови загуби вече са доказани като моя дългосрочна печалба

Истината, честността и ангажираността осигуряват чадър по време на дъжд

Хората се възползваха от мекотата ми, без да ме познават

Но в дългосрочен план останах твърд, моята постоянство е ключът

Хората идваха и си отиваха, когато моите ценности не ги подкрепяха

С постоянство и усмивки пронасям напред царството си

С празен стомах, когато съм спал под небето, без да обвинявам другите

Някаква невидима сила винаги стои зад мен като баща ми

Честността, почтеността, правдивостта не са ракетна наука

Трябва да ги оплитаме като наше съзнание и съвест

Ценности, които никой не може да измери, по отношение на пари или богатство

Всички ценности ще живеят с мен и ще си отидат с мен след смъртта.

Изобретението на смъртта

Дали изобретението или откритието на смъртта е първото откритие на хомо сапиенс?

Смъртта има по-голямо значение за развитието на цивилизацията от огъня и колелото

Ограничението на времето насърчи хората да се опитат да постигнат безсмъртие

Най-накрая хората разбраха, че всички усилия да станат безсмъртни са безполезни

Цивилизацията напредва и продължава да осъзнава, че смъртта е върховната реалност;

Буда, Исус и всички проповедници на истината умряха като всеки друг

Те също учеха, че всичко в света е нереално, освен смъртта

Мирът и ненасилието са по-важни за човечеството от войната

И все пак, хомо сапиенс е далеч от цивилизация без война

Сега, отново, хората се опитват да получат безсмъртие, премествайки се към звезда;

Дори след като знаят за реалността на смъртта, хората се карат

С безсмъртието, като вид, за хората ще бъде невъзможно да се интегрират

С ядрено оръжие в ръце хората ще забравят за собствената си смърт

Унищожаването на всяко живо същество може един ден да бъде нашата съдба

Милиони години след това някои видове напълно ще изкоренят войната и омразата.

Самоувереност

Самоувереността ще ви внесе, самоуважение.

Без самочувствие не можете да сбъднете мечта

С увереност знанието и мъдростта работят по-добре

Вашата упорита работа ще ви тласне към мечтата всички заедно

Мечтата ще стане реалност, когато се преместите, в бъдеще

Упоритостта и постоянството идват със самочувствието

С решителност можете лесно да преодолеете всяка съпротива

Вашите мечти ще стават все по-големи и по-големи

Във вашето отношение, във всяка стъпка, просто го направете ще задейства

Вашият начин на мислене, представяне, резултати - всичко това ще се промени завинаги.

Ние останахме груби

Докато се връщаме назад във времето

Всичко не беше перфектно, страхотно или добре

Появата на хомо сапиенс е огромен скок

След това, хиляди години, бавен процес природата запазва

Понякога имаше някакъв видим, звуков сигнал

Очаквайте хомо сапиенс, еволюция за другите, завинаги сън

Светът се превърна във владение на интелигентни човешки същества

За комфорт и удоволствие те откриха много неща

И все пак естествените процеси изтласкаха много човешки раси от пръстена

Природните сили остават извън контрола на хомо сапиенс

И така, на вечеря природните сили човешки същества са принудени да се примирят

Вместо да контролира природните сили, човекът унищожи разнообразието

Екологията и околната среда загубиха своята красота и множественост

Дори клането на собствените си събратя хомо сапиенс беше обичайно

Водени са кръстоносни походи и световни войни, убивайки милиони произволно

Исус беше разпнат преди много време, защото се опитваше да учи на мир и истина

Но досега към природата, околната среда, екологията и човечеството оставаме груби.

Защо ставаме хаотични?

Мир, спокойствие, еднообразие и един световен ред не са възможни

Законите на термодинамиката са причината, тя е много проста

За да се върви към ред от неподредена вселена, ентропията трябва да намалее

Но законът за ентропията е една от най-важните корони на науката

За да се подредят основните частици, времето трябва да се обърне надолу;

Във физиката няма разлика между минало, настояще и бъдеще

Всички са еднакви, когато ги видим от свойствата на природата

Настоящето може да бъде мили, микро или наносекунди за измерване

Съществуването на наблюдателя при извършването на такова наблюдение е по-важно

Черната енергия, антиматерията и много други измерения все още са всемогъщи

Без да познаваме всички измерения, можем да обясним вселената като щори обясняват слон

Но за да може крайната истина да бъде обяснена просто, всички неизвестни измерения са важни

Квантовата вероятност също е вероятност в безкрайната област на пространство-време, материя-енергия

Ако не можем да обясним и разберем всички невидими измерения, как физиката може да донесе синергия

Дори да прекрачим прага на скоростта на светлината, за да се придвижим към галактиките, за да знаем всичко

Преди да се върнем, нашата слънчева система може да се срине поради липса на необходима енергия и да падне.

Да живееш или да не живееш?

Учените и изследователите са предсказали скорошното човешко безсмъртие

С изкуствения интелект ще има технологичен бум

За физическата болка и страданието на човешкото тяло няма да има място

Животът ще бъде пълен с удоволствие и наслада, без да вършите никаква работа

Няма нужда от инвестиции за бъдещето на пазара на спекулативни акции

Храните, приготвени от роботи, ще имат различен райски вкус

Физическото тяло, спортът и развлеченията ще бъдат в най-добрия случай

Хората няма да разберат разликата между работа и почивка

Учените не са прогнозирали каква ще бъде възрастта за пенсиониране

Какво ще стане с хората, които вече са в пенсионна фаза

Няма прогнози за човешки емоции като любов, омраза, ревност и гняв

Ще има ли повече кариици и физически сбивания, тъй като тялото е по-силно?

Да живееш или да не живееш трябва да бъде оставено на индивидите, без закони, които да спрат да умират

Но и след Безсмъртието, сигурен съм, ще има раздели и плач.

По-голямата картина

Каква е моята роля в тази вселена в по-голямата картина

Труден въпрос без убедителен оттовор

По-трудно е да отговоря за моята цел на съществуване

Няма конкретен оттовор в науката и философията, който да ме убеди

Трябва да продължа напред и да го търся сам докрай

Никой няма да ме придружи в търсене на истината

Всеки, включително моята по-добра половина, е избрал различен маршрут

Моят опит и вярвания никой не може да промени, трябва да рестартирам

Но паметта на биологичния мозък е трудна за изтриване и пълно изкореняване

Може да се повтори по всяко време без категорична причина и причина

Освен ако моите вярвания, знания и мъдрост не намерят причината на живота.

Разширете своя хоризонт

Разширете хоризонта на ума си, за да видите безкрайната вселена и възможности

След като излезете от черната си кутия и зоната на комфорт, можете да видите реалностите

Нито биноклите, нито телескопите могат да ви помогнат да усетите безкрайната вселена

Силата на въображението на човешките същества е тази, която може да вдъхне видения отвъд хоризонта

Очите могат просто да видят обект, но мозъкът може да анализира само с научна причина

Ако не позволите на папагала на вашия ум да излезе от клетката в ранна възраст

Той ще повтаря само няколко думи, за да забавлява другите в заобикалящата сцена

Докато разширявате ума си, за да погледнете отвъд премахването на цветни очила, ще бъдете изумени

Вашето виждане да погледнете галактиките, кометите и реалността на живота ще бъде ясно, живота ви ще можете да анализирате

След като придобиете истинската мъдрост да разберете природата, вашите отпечатъци, бъдещето ще проследи

Разширяването на хоризонта на ума е лесно, защото ключът на черната кутия е в ръката ви

Просто отстранете праха от вековни учения и религиозни предразсъдъци от лежащия върху пясъка ключ

Ако Галилео успее да го състари за дълго, животът ви лесно можете да промените, не се страхувайте да обидите

Вашият живот, вашата мъдрост, вашият път никой няма да се опита да направи розови или да се опита да разбере

Времето ви на тази планета е ограничено, така че по-рано осъзнайте и действайте добре, ако е необходимо, дайте завой на живота.

Знам.

Знам, никой не може да плаче, когато умра

Това не означава; Трябва да спра да обичам хората

Не съм се родил или живял, за да работя за крокодилски сълзи след смъртта си

По-скоро ще обичам хората и ще живея в сърцата им

Моята щедрост и помощ някой ще помни с мълчание

Така че правенето на добро на хората и човечеството е мой приоритет и благоразумие

Нямам нужда от фалшиви похвали на егоистични хора за личен интерес

По-добрата помощ на невинните улични кучета и животни е перфектна

Дори по-малкото въглероден отпечатък и засаждането на дървета ще имат по-добро въздействие

Моята любов и милосърдие не са за връщане или очакване на нещо

Това е за разпространение на братство и мирна среда

Да изтласкат омразата и насилието от социалния ринг

Със сигурност един ден, който обича всички и не мрази никого, ще бъде кралят.

Не търсете цел и причина

Дойдохме на този свят без желание или свободна воля с цел

И все пак нашето раждане беше многоцелево да бъдем син, дъщеря, сестра или наследник

Родители, обществото определя нашата цел да научим нещата, открити от нашите предци

В търсене на знания, умения и мъдрост животът ни става многоцелеви

След брака и раждането на деца, ядрото на семейството става нашата вселена

В ранна възраст не сме имали време да мислим за някаква цел или смисъл на живота

Да постигнем материални неща, да ядем и да спим добре е най-добрата цел, която заслужаваме

Когато остаряваме, започваме да мислим за смисъла на нашето съществуване

За целта на нашия живот и причините за проявление ние не чуваме резонанс

Повечето хора умират щастливи, без да знаят цел и причина

За няколко търсения на цел и причина животът се превръща в мираж или затвор.

Обичайте природата

Тъй като все повече се отдалечаваме от природата

Пропускаме в живота си много реалности и твърде много съкровища

Животът в градове с климатици е само нашето бъдеще

Опитваме се да спасим горите за местообитание на други същества

Но унищожаване на природата и екологията за наше удоволствие

От началото на цивилизацията хората са живели комфортно с природата

Но развитието на високите сгради, смартфонът го промени напълно

Взехме повече калории, седейки вкъщи, и след това платихме на гимназията

Ядейки бърза и нездравословна храна, милиони хора страдат от недостиг на калций

Какво е забавлението да живееш сто години в модерни градове, плащайки премия

Работим твърде много, за да имаме комфорт и безопасност в напреднала възраст

Но забравете, че заради илюзорното бъдеще ние разваляме настоящето си в клетка

По-добър беше животът на нашия прадядо, когото сега смятаме за дивак

За да балансирате живота с модерните технологии и природата, е необходима смелост

Да живееш в кома в продължение на няколко десетилетия не е истински живот, а празен пасаж.

Роден свободен

Когато се раждаме, ние се раждаме свободни без цел, цели, мисия и визия

За всяко наше движение, родители, семейство и общество има различни налагания

Нашето съзнание произтича от обкръжението и средата, в която живеем

Ценностната система също не е чрез генетични кодове, а това, което родителите, учителите дават

Ние се раждаме свободни, но не сме свободни да избираме език, вяра, религия, както сме родени в кошера

Умът ни расте със страх, подозрение и мислене, ограничено за общи цели

Твърде много разделения повлияха на нашето мислене и всяка стъпка трябва да вървим според призивите на мнозинството

Ние се раждаме свободни, но не можем да си позволим да растем свободни поради вродени недостатъци за оцеляване

Хомо сапиенс е генетично заложен да бъде със стаден манталитет и да стане социален

И животът ни в името на каста, вяра, цвят на кожата, религия е принуден да стане политически

Когато станем граждани с пълнолетие, можем да имаме свободната си воля с много „ако" и „но".

Ако не спазваме правилата на игрите, нашата така наречена свобода по всяко време обществото може да затвори

Родени сме свободни, но нашата свобода не е свободна без ограничения, всеки следва трябва

Ако направите нещо радикално против волята на вашето общество и нация, балонът на свободата ще се спука

Свободата на ума е граница по-малка и безкрайна, ако сте безстрашни и имате собствено доверие.

Продължителността на живота ни винаги е добра

Дълголетието на нашия живот винаги е добре

При условие навреме започваме работа и вечеря

С приятели през уикенда се наслаждаваме на виното

Използваме собственото си време като единствен мой ресурс

Преди смъртта със сигурност ще блеснем;

Ние никога не осъзнаваме относителността, по време на нашите дни в колежа

Никога не сме имали време, никога не сме слушали какво казват родителите ни

Виждахме само дъга в небето дори в нашите дъждовни дни

След като се пенсионираме след шестдесет и пет и започнем да живеем сами

Теорията на относителността автоматично стига до нашия хормон;

Ще кажем, че животът не е твърде кратък и времето е много бързо

Завинаги в областта на самотната планета, няма да искаме да продължим

В пиесата, наречена живот, с искреност, нека ролята ни е хвърлена

Нашето здраве, органи, мобилност и ум ще започнат да ръждясват

Един ден ще се радваме да почиваме в гробището, събирайки прах.

Не съжалявам

Някой ме мрази, може и аз да съм виновен

Някой ми е ядосан, може и аз да съм виновен

Но ако някой ми завижда и ревнува

Грешката може да не е моя, но е добре

И все пак обичам всички хейтъри и им се усмихвам

Никога не се чувствам превъзхождащ, но чувството, че са непълноценни, е тяхна собствена вина

Те се опитаха за безсмислено интелектуално нападение

Но не да отмъщавам и да прощавам, винаги решавам

Не мога да спра напредъка и движението си, за да угодя на другите

Това ще убие моята креативност и духа ми да вървя напред завинаги

Така че, скъпи мои приятели, не съжалявам, нито мога да се върна назад

Правя това, което обичам за човечеството, а не за вашата награда.

Рано лягане и рано ставане

Ранното лягане и ранното ставане прави човека здрав, богат и мъдър

Тази популярна поговорка може да е вярна или невярна, няма налични точни научни данни

И все пак ранните пет минути са много важни за деня, в който будилникът звъни

Преди да помислите да отложите събуждането си с пет минути, помислете три пъти

Петте минути без съмнение ще станат два или три часа

За закъснението си да започнете дейностите от деня късно, вие сами ще викате

Днешната добра работа, която трябва да бъде свършена днес, трябва да бъде отложена за утре

На следващия ден същите пет минути ще ви донесат повече натиск и скръб

Минутите бавно ще се превърнат в дни, седмици и месеците ще минават бавно

Сезоните ще идват и ще си отиват както обикновено, без да ви казват тихо

Ще празнувате Нова година с приятели и други радостно

По-добре си лягайте рано и ставайте рано и избягвайте грациозното спиране на алармата.

Животът стана прост

Животът стана толкова прост, ядене, говорене или сърфиране в смартфон

В най-оживените молове или улици или популярната кухня, същата сцена

Технологиите тотално промениха нашия начин на живот и начин на изразяване

Но за етичната промяна на парадигмата технологията няма решение

Човешките същества стават индивидуалистични и егоцентрични

В ухото на новата цивилизация заедно с хомо сапиенс навлизат всички видове

Изискванията за енергия за движение срещу гравитацията и други сили останаха същите

Гладът и желанието на основните инстинкти, досега технологията не е в състояние да укроти

Живот и смърт, борба за оцеляване и по-добър живот, все същата игра

Технологиите са непрекъснат процес за прост живот, за бъркотията, ние сме виновни.

Визуализация на вълновата функция

Светът на квантовите или елементарни частици е толкова странен, колкото и космосът

Подобно на милиони светлинни години отдалечена звезда, ние не можем да видим нито една квантова частица с очи

Въпреки че елементарни частици присъстват във всяка материя, която можем да видим, почувстваме и докоснем

Механизмът на нашия мозък е ограничен и може да вижда или усеща само чрез индиректен метод

Концепцията за заплитане на фотон или електрон също е косвено наблюдение в запис;

Чрез аналогията с чифт обувки ни се обяснява понятието заплитане

Но присъщата несигурност, свързана между чашата и устната, винаги остава с частиците

Частиците се комбинират по различни начини във Вселената, за да образуват видимите материали

И все пак не е възможно да видите красивите протон, неутрон, електрон и фотон с око с врат

Само чрез експерименти е възможно да се знае за свойствата на елементарните частици;

Нашите знания за луната или най-близките планети все още не са изчерпателни и пълни

За да знаете за елементарните частици, вселената и космоса, никой не може да фиксира времеви ограничения

Цивилизацията е длъжна да учи, да се отучава и да учи нови теории и хипотези

Но знанието за съзнанието, ума и душите е за хората, все още илюзорно и основно

Един ден със сигурност ще открием колапс на вълновата функция на съзнанието, нищо не може да ограничи.

Осем милиарда

Любовта, сексът, Бог и войната определят съдбата на екосистемата на цивилизацията

Околната среда и екологията са важни, за да бъде климатът в динамично равновесие

Технологията е нож с две остриета, може да конструира или разрушава според нашата мъдрост

Любовта, сексът, Бог и войната не могат да пречат на технологичното развитие

Без любов и секс, процесът на еволюция би спрял без прогресия

Рамаяна, Махабхарата, Кръстоносният поход, световните войни се смятаха за хирургично решение

Но днес технологията предоставя на човечеството нови пътища, мъдрост и нова посока

В същото време технологията тласка околната среда и екологията към унищожение

Бог не успя да обедини човечеството над каста, вяра, цвят на кожата, граници и религия

Само любовта и сексът обединяват хората като хора и ни помагат да станем осем милиарда.

аз

Моето съществуване е несъществено за света, слънчевата система и нашата галактика

Защото мога да допринеса само за разстройство и увеличаване на ентропията на системата

Няма начин или възможност да обърна приноса си към разстройството

Можем да обмислим разумно използване на енергията и материята през целия ни живот

Няма налична технология, която да се отърве от законите на термодинамиката, за да намали ентропията

Единственото, което мога да направя, е да намаля замърсяването и въглеродния си отпечатък на тази планета

Мога също така да разпространявам усмивка, любов и братство сред моите събратя хомо сапиенс

Хората съзнателно унищожават флората и фауната на красивата планета

Чувстваме, че сме дошли на тази планета, за да консумираме и унищожаваме природните ресурси

Но това необратимо промени глобалния климат и бъдещите му курсове

Технологиите могат да ни дадат различни, ефективни и повторно използваеми източници на енергия

И все пак увеличаването на ентропията един ден ще експлодира с унищожителни сили.

Комфортът е опияняващ

Комфортът е опияняващ и пристрастяващ

Желанието за храна и подслон е съблазнително

Но в зоната на комфорт сме по-малко продуктивни

Учените никога не могат да измислят нови неща, живеещи в зоната на комфорт

За изобретението те трябва да отидат сами в дълбоководно плаване

Желанията на хората за храна, подслон и дрехи ги задържат на брега

Интелигентът скоро осъзна, че миграцията и инерцията са в основата

Куражъс излезе от комфорта и скочи да плува, без да обръща внимание на рева на морето

Желание за изследване на нови неща и експериментиране в основата на изобретението

Цивилизацията продължи напред и напредна благодарение на миграцията

В света няма безопасно убежище с несигурност

Желанието за зона на комфорт също е ограничено от квантовата вероятност.

Свободна воля и цел

Целта на живота е да живееш, да живееш и да се размножаваш

Или целта на живота е да защитим колективно ДНК кода

Имаме възможност да не възпроизвеждаме оставащ единичен

За да защитим генетичния код, трябва да има триъгълник

Без баща, майка и деца кодът ще се изкриви

Свободните винаги ще имат роля в решенията

Но свободната воля е свързана с несигурност и променливи

В областта на бъдещето целта на свободната воля осакатява

Следвайте интуицията си и просто изпълнявайте волята си, правилото е просто

Дори ако вашата свободна воля и цел никога не се интегрират, бъдете смирени.

Двата вида

Има само два вида хора на този свят, с които сме работили

Песимистът, без инициатива за движение, и оптимистът, винаги в движение

Просто го направете, без да мислите много, и нека отложите за утре

Един тип с позитивно отношение, а другият тип с негативно отношение

Ако мислим и анализираме твърде много за резултатите, е невъзможно да започнем

В края на деня и накрая в края на живота количката ни ще бъде празна

Премахнете котвата и започнете да плавате, без да мислите за бъдещи бури

Ако чакате ясно небе за неопределено време, никога не можете да постигнете звезда

Приемете реалността, че животът е само квантова вероятност на случаен принцип.

Да ценим учените

Нека ценим всички учени, които разгръщат квантовия свят

Ние не можем нито да видим, нито да усетим квантовите частици с нашите сетивни органи

Но нашият мозък има способността да разбира и визуализира

Науката е извървяла дълъг път, за да разкрие природата и да разбере

И все пак не знаем къде се намираме, крайната точка е твърде далеч или много близо;

Учените са прекарали много безсънни нощи, формулирайки хипотеза

По-късно много от тях издържат на строгите тестове и се превръщат в теории

Котката на Шрьодингер вече е извън кутията с квантов скок и се премества в природата

С квантовите компютри учените ще изследват нови възможности в бъдеще

Реалността все още е илюзорна за човешкия мозък, ум, съзнание, въпреки че навлязохме в нова култура.

Живот извън водата и кислорода

Космосът е безкраен отвъд границите и все още се разширява

Но понякога ние самите ограничаваме процеса на мислене за космоса

Животът е възможен отвъд въглерода, кислорода и водорода в безкрайността

Може да има живот със съзнание, което може да взема енергия директно от звездите

Кислородът и водата трябва да са необходими за живот, в други галактики може да не е реалност

Формата на живот, съществуваща на нашата планета Земя, може да е самотна

И все пак същият тип живот на милиарди светлинни години също има добра вероятност

Както природата обича разнообразието, така и различната форма на живот другаде е възможна

Но с нашата физика и биология този тип живот може да не е съвместим

Вероятно директното усвояване на енергия от живи същества в друга вселена е разумно

Ние все още сме на тъмно относно тъмната енергия и сме ограничени в границите на светлината

И все пак за различни видове форми на живот в далечни галактики тъмната енергия може да е ярка

След като преминем бариерата на скоростта на светлината, за да пътуваме със скорост, каквато желаем

Търсенето на екзопланети в други галактики ще бъде просто и справедливо

Дотогава науката не трябва да бъде осъдителна и да отписва други слоеве.

Вода и Земя

Три четвърти от нашата планета Земя е под вода

Само върху една четвърт живеем ние, хомо сапиенс

Светът под океаните все още е неизследван

Хората експлоатират ресурсите на почвата отвъд нейната носеща способност

Слава Богу, все още е трудно да се изследват дълбоки води

По-лесно и удобно за изследване на космоса

Ето защо да се строят колонии дори на Луната, има надпревара

Въпреки че пустинята Сахара все още е мистериозна за днешната цивилизация

Ние сме по-притеснени да заграбим земя на Луната и да започнем строителство

По-голямата част от световното население все още няма жилищно решение

Необходимо е да се изследва космическото пространство и близките атоми

Но е задължително да се дават възможности за оцеляване на всички хора

Цивилизацията започна пътуването си с любов към своя напредък и просперитет

Въпреки това, балансът между хомо сапиенс и другите загуби целостта

За оцеляването на човешката раса трябва да балансираме околната среда и екологията с искреността.

Физиката има хармоници

Изминаха няколко хиляди години от откриването на земеделието

Фермерите все още обработват земята си и отглеждат ориз и пшеница

Старият рибар отива на морето, за да лови риба и да я продава на пазара

Кауboят и каубойката пеят стара мелодия, научена от дядо

Не се притесняват от изкуствения интелект или извънземното, за което са чували

Квантовото заплитане или екзопланетата в далечното небе не е важно за тях

По-скоро сушата и непостоянният климат са проблем за техния добив

Неотслабващото използване на химически торове е намалило продуктивността на почвата

Има милиарди хора, които все още зависят от дъждовната вода

Лошите валежи могат да тласнат децата им към бедност и глад

И все пак науката навлиза все по-дълбоко, за да изследва атома и галактиките

Науката следва и изследва природата, а не природата изследва науката

Вселената не е възникнала след написването на законите на физиката

Познанията по математика бяха основни и знаехме планетарната динамика

В изследването на природата чрез физиката има всички възможности за хармоници.

Науката в областта на природата

Имаме много математически уравнения във физиката, за да обясним природата

Все пак не е уравнение за точно изчисляване на датата на смъртта в бъдеще

Някои хора умират млади здрави, а други умират стари нещастно

Без уравнения, защо усилия със свободна воля и всеотдаен труд, подадени, за да дадат резултати

Уравненията за прецизно прогнозиране на земетресение също са налични

Прогнозите за природни бедствия и пандемии също са вероятни

Но имаме нужда от просто уравнение за съвместимост и устойчивост на брака

Научните прогнози трябва да са сто процента точни без грешки

Иначе сред слабите хора астролозите винаги ще създават ужас

Науката не е черна кутия като религиозния текст, написан преди хиляди години

Синдромът на черната кутия от много учени трябва да изхвърли егото си

Всяка възможност и вероятност трябва да бъдат проучени е търсене на истината

Просто казването на някои вярвания и ценности като суеверие без доказателства е грубо

Науката в областта на природата и Бог винаги е за по-добро утре и добро.

Развиващи се хипотези и закони

Хипотезата и законите на физиката, метафизиката се развива с времето

Преди Големия взрив може да има различни набори от закони, които да управляват Вселената

Но за нас законите на физиката и природата дойдоха само в областта на времето

Времето може да е илюзия или движение от минало към настояще към бъдеще, важно за наблюдателя

Без домейна на времето ние нямаме значение за законите или целта

Технологията следва физиката с еволюция за по-добро качество на живот на хомо сапиенс

Но за останалите живи същества на планетата Земя физиката и технологиите са извънземни

Дори трите четвърти, живеещи под океаните или моретата, нямат познания по физика

Въпреки това те живеят комфортно и щастливо, без да знаят математика

Пътуването и животът им също са само във времето, без да се интересуват от статистики

Ние, интелигентните същества, сме поели контрола над всичко в природата

Но в процеса на развитие и напредък, за природата не ни пукаше

Познаването на космологията и елементарните частици не е достатъчно за всеки

Без екологичен баланс и благоприятна среда един ден човешкият живот ще бъде рядък

Нека учените балансират процеса на еволюцията с изобретенията, за всички, което е справедливо.

за автора

Devajit Bhuyan

ДЕВАДЖИТ БХУЯН, електроинженер по професия и поет от сърце, владее композирането на поезия на английски и майчиния си език асамски. Той е сътрудник на Института на инженерите (Индия), колежа за административен персонал на Индия (ASCI) и пожизнен член на „Asam Sahitya Sabha", най-висшата литературна организация на Асам, страната на чая, носорога и Биху. През последните 25 години той е автор на повече от 110 книги, публикувани от различни издателства на над 40 езика. От публикуваните му книги около 40 са асамски поетични книги и 30 книги са английска поезия. Поезията на Деваджит Бхуян обхваща всичко налично на нашата планета Земя и видимо под слънцето. Той е композирал поезия от хора до животни до звезди до галактики до океани до гори до човечеството до война до технологии до машини и всички налични материални и абстрактни неща. За да научите повече за него, моля, посетете www.devajitbhuyan.com или прегледайте канала му в YouTube @*careergurudevajitbhuyan1986* .

www.ingramcontent.com/pod-product-compliance
Lightning Source LLC
LaVergne TN
LVHW091637070526
838199LV00044B/1106